Marie-Aude Murail

Malo de Lange

et le fils du roi

Neuf
l'école des loisirs
11, rue de Sèvres, Paris 6e

Loi n° 49.956 du 16 juillet 1949 sur les publications destinées à la jeunesse : janvier 2012
Dépôt légal : janvier 2012
Imprimé en France par CPI Bussière
à Saint-Amand-Montrond
N° d'édit. : 1. N° d'impr. : 113482/1.

ISBN 978-2-211-20806-2

Pour Vadim
sous la protection de l'Ange

En 1835, le jour de mes quinze ans, je fus nommé lieutenant à la brigade de Sûreté de Paris. Cette promotion un peu rapide s'explique peut-être par le fait que mon chef est aussi mon père.

Il y eut cette même année plus de vingt complots pour tuer ou pour enlever le roi. Tout ce que je savais de Louis-Philippe, c'était qu'il ne sortait jamais sans son parapluie et qu'il avait dit après un attentat :

– Je ne crains pas les assassins. Pour moi, la meilleure des cuirasses, ce sont mes enfants.

J'avais fait la remarque à mon père que je n'aimerais pas être un des fils du roi.

– Ni moi son parapluie, m'avait-il répondu.

Notre travail à la brigade, c'était d'arrêter les voleurs qui empoisonnaient la vie des Parisiens, mais nous laissions courir les comploteurs. Pour ma part, j'étais prêt à crier vive le roi, vive l'Empereur, ou vive la République selon le sens du vent. Seuls les imbéciles ne changent pas d'opinion, comme disait le monsieur qui s'était enfui avec le garçon d'honneur la veille de son mariage.

1

Personne n'aime personne. –
Je goûte au parfait-amour,
mais je ne le recommande à personne.

Il neigeait sur Paris en ce début janvier. La galerie Véro-Dodat, illuminée par le gaz, faisait un tunnel de lumière vers lequel j'accourus. C'était un de ces passages couverts qui permettaient aux Parisiens de se promener les jours de mauvais temps. Au crépuscule, il était désert et les boutiques étaient déjà fermées, sauf la librairie, qui restait toujours ouverte.

– Bonsoir, monsieur de Lange, me salua le libraire. Personne n'est pas là, mais il y a quelqu'un.

C'est un peu agaçant d'avoir un chef qui s'appelle Personne.

Dans le bureau de monsieur Personne, un gamin l'attendait en tâchant de se réchauffer devant le poêle. Comme il me tournait le dos, je ne voyais de lui que sa casquette et ses épaules frissonnantes.

– Gaby ?

Le petit se retourna, me montrant son visage bleui par le froid et le bout de son nez rougi à force d'avoir été frotté.

– Nom d'unch ! dis-je seulement.

Il était difficile d'imaginer que, quelques mois auparavant, Gaby s'appelait Moïra de Feuillère et qu'elle se faisait admirer dans les salons parisiens au bras de son vieil amant, le duc d'Écourlieu*.

– Ben oui, fit-elle, le ton rageur, j'ai passé la journée dehors à surveiller une maison.

Depuis qu'elle n'avait plus de protecteur, Moïra, sous le nom de Gaby, s'était enrôlée à la brigade.

– Qui est-ce que tu surveilles ?

– Le gars Tellier. Il fabrique des fausses pièces de cinq francs et il fait enrager la police en changeant tout le temps de logement. Il a laissé des affaires dans un hôtel rue du Roi-de-Sicile.

– Et il est revenu les chercher aujourd'hui ?

– Nnn… Écoute, Malo, je dois te confier quelque chose. Je vais avoir des ennuis avec…

* Voir *Malo de Lange, fils de Personne.*

Elle désigna la porte par laquelle monsieur Personne devait entrer d'un moment à l'autre. Puis elle s'approcha de moi pour me chuchoter à l'oreille :

– Il a neigé toute la journée, je ne sentais plus ni mes mains ni mes pieds, mes yeux pleuraient… Alors, je suis allée boire un coup au Lapin Volant.

Elle avait désobéi aux ordres de monsieur Personne en quittant son poste pendant une petite heure. Or elle avait très peur de mon père.

– Mais il n'en saura rien, la rassurai-je. Ce n'est pas moi qui vais moucharder !

– Mais il faut qu'il sache ! gémit Gaby. J'ai entendu des choses au Lapin Volant… Tu comprends, quand je vais là-bas, je ne veux pas qu'on me remarque. J'ai mon petit coin derrière le comptoir. Et dans ma cachette, j'ai surpris deux hommes qui parlaient. Je n'ai pas tout compris, ils parlaient bas, et à moitié en argot.

Gaby me répéta le moment le plus important de leur dialogue. Ils avaient dit :

– C'est le battant du momacque que vous voulez ?

– Oui, le cœur de l'enfant.

– Vous voulez rien d'aut' dans la taule ?

– Non.

– Et y aura gras ?
– Deux mille francs.

L'enfant, à qui l'on devait arracher le cœur pour deux mille francs, habitait rue des Prouvaires. Gaby n'en savait pas plus et elle n'avait pas osé bouger pour voir à quoi ressemblaient ces deux hommes. Si un assassinat devait avoir lieu sous notre nez (car la rue des Prouvaires est à quelques enjambées de la galerie Véro-Dodat), nous ne pouvions pas le cacher au chef de la Sûreté.

– Mais si je lui avoue que j'ai quitté mon poste, il va m'assommer.

– Eh bien, on va dire que c'est moi qui ai entendu la conversation.

Mon père ne s'en étonnerait pas, j'habitais à cette époque rue Cloche-Perce, à côté du Lapin Volant.

– Tu es capable de lui mentir ? me questionna Gaby, l'air d'en douter.

– Bien sûr ! Je l'ai déjà f…

Je me tus. Je venais d'entendre, en provenance du couloir, un curieux bruit de pas raclant le plancher.

La porte s'ouvrit, livrant passage à un vieillard qui traînait sa jambe droite comme une branche morte et laissait pendre son bras du même côté. Sans nous saluer, il posa sur le bureau sa canne et son chapeau, et, oubliant sa paralysie, il arracha sa perruque grise à deux mains. Puis, avec une sorte de frénésie, il ôta ses habits démodés : la queue-de-morue, le gilet, la cravate, la chemise, les souliers à boucle, la culotte courte et les bas de soie.

– Foutre ! dit-il. Je pue la cocotte !

C'était mon père. Presque en tenue d'Adam. Faisant trois fois ma carrure, des bras comme des gigots, épais de partout sans être gros, et avec cela, une peau blanche comme s'il prenait des bains de lait.

Il y avait une cuvette en faïence dont l'eau tiédissait près du poêle. Il s'en aspergea avec tant de délicatesse que je dus me reculer pour ne pas être trempé. Tandis qu'il se frottait le visage pour décoller la pommade qui lui faisait le teint couleur brique, il nous laissait admirer son anatomie, côté pile cette fois. Sur le dos, il portait la marque à demi effacée de la fleur de lys des bagnards et de longues stries sombres, souvenir de la morsure du fouet.

Gaby s'était détournée pendant le déshabillage de monsieur Personne. Mais à présent, elle le regardait avec des yeux épouvantés. Tout en grognant des

« foutre » et des « nom de Dieu », il sortit quelques vêtements propres d'une armoire, les enfila, puis s'abattit sur sa chaise derrière le bureau, le gilet mal boutonné, la chemise à demi fourrée dans le pantalon, des gouttelettes d'eau encore accrochées à sa rude tignasse fauve.

– Quel métier ! soupira-t-il. Nom de nom, j'étais mieux au bagne de Toulon ! Eh bien, messieurs, au rapport !

– Honneur aux dames, rectifiai-je en désignant Gaby.

– Tellier n'est pas repassé chercher ses affaires, grommela-t-elle. J'ai fait le guet toute la journée. Maintenant, c'est le tour de Frédo.

Monsieur Personne laissa s'écouler quelques secondes de silence. « Il a deviné, pensai-je, il sait qu'elle ment. » J'attribue parfois à mon père des facultés extraordinaires, alors qu'il est un homme d'une intelligence médiocre.

– Lieutenant, au rapport.

J'obéis en prenant à mon compte le récit de Gaby.

– Tu me dis que tu n'as pas vu ces bandits, mais tu les as entendus, remarqua mon père. N'y avait-il rien de particulier dans leurs voix ?

Je secouai la tête mais, dans le même temps, Gaby s'écria :

– Si ! Un des hommes bégayait !

Mon père la regarda en silence et elle se mit à rougir, puis à bafouiller :

– C'est… c'est Malo qui me l'a dit. Tu… tu te rappelles, Malo ?

– C'est exact, il bégayait.

Un éclair bleu partit des yeux sombres de monsieur Personne :

– Je connais un habitué du Lapin Volant qui bégaie. On l'appelle Quiqui. C'est un venternier*. Je vais demander à Frédo de le surveiller à partir de demain.

– Et si le meurtre a lieu cette nuit ? le questionna Gaby.

– On arrêtera les assassins.

– On ferait mieux d'empêcher le crime ! Pourquoi ne pas surveiller la rue des Prouvaires cette nuit ?

– Quelle maison ? Quel étage ? Quel appartement ?

Gaby, même si elle avait peur du chef, lui tenait parfois tête :

* Un voleur qui entre par les fenêtres.

– La rue n'est pas très grande. Malo et moi, on pourrait...

Blam ! Monsieur Personne tapa des deux poings sur son bureau, nous faisant sauter en l'air, Gaby, moi et l'encrier.

– Tu ne discutes pas mes ordres ! Et tu ne quittes pas ton poste pour aller te réchauffer !

En fait, mon papa est vraiment quelqu'un d'extraordinaire.

– Et toi, me dit-il, couche-toi de bonne heure. Tu as une sale mine.

Nous nous quittâmes, Gaby et moi, à l'entrée de la galerie.

Elle me jeta un regard de chien battu :

– Je te paie un verre, veux-tu ?

– Non, je rentre chez moi. Ma mauvaise humeur me tient compagnie.

– Il n'aime personne.

– Qui ça ? Le chef?

Elle eut un triste sourire :

– Personne n'aime personne.

Je regardai s'éloigner ce pauvre moineau de Gaby, sautillant entre les flaques de boue. Savait-elle seulement où elle allait passer la nuit ? Moi, en revanche, j'avais un projet, un projet qui me mena tout droit rue des Prouvaires.

Gaby avait raison : cette rue n'était pas longue. En passant devant le volet baissé d'une boucherie chevaline, je pensai soudain à ce conte où le chasseur doit rapporter à la méchante reine le foie et les poumons de Blanche-Neige comme preuves de sa mort. Où vivait l'enfant dont on voulait arracher le cœur ? Dans cette maison bourgeoise ? Derrière cette fenêtre éclairée ?

J'avais décidé de monter la garde jusqu'au matin. Comme la neige s'était remise à tomber à gros flocons, je m'abritai sous un porche en face de la boucherie. Les longues stations solitaires dans la nuit et le froid, ce n'est pas le meilleur aspect du métier, comme disait l'Éventreur du Châtelet. Je songeai à la tiédeur du Lapin Volant, au tintement amical des verres, au bon souper que me préparerait le patron, et je me décollai du mur. Bah, une nuit pareille, même les assassins restent chez eux.

Comme je m'engageais rue de la Petite-Truanderie, je fus bousculé par une femme en châle qui semblait surgie de nulle part. Si je ne l'avais pas entendue venir, c'était – aussi incroyable que cela parût – parce qu'elle marchait pieds nus.

– Ouch ! C'est des façons avec les dames ! s'écria-t-elle en se frottant l'épaule.

– Mais c'est plutôt vous…

À la lueur du réverbère, je vis tout de suite à qui j'avais affaire. Une bohémienne, des anneaux d'or aux oreilles.

– Viens, viens, me dit-elle en me tirant par le bras, je vais te lire les lignes de la main.

– Ouais, c'est ça ! Tu veux me faire les poches, répliquai-je en la repoussant.

– Allons, ne fais pas le méchant, je te dis l'avenir contre un verre d'eau d'aff*.

J'avais froid, le Lapin Volant était encore loin, et les bohémiens peuvent vous apprendre beaucoup de choses. C'est ce que mon père prétend. Voyant que j'étais tenté, la fille me reprit le bras :

– Viens chez Polidori, c'est à côté. Il a du parfait-amour, c'est bon comme si les anges te pissaient dans la bouche.

La drôlesse savait trouver les mots qui touchent.

* Un verre d'alcool

Cinq minutes plus tard, nous étions attablés chez Polidori devant un verre d'une étrange liqueur violette. J'en pris une lampée et je fis claquer ma langue. Fameux, le parfait-amour. Une boule de feu qui vous descend jusque dans le ventre.

La fille qui me faisait face était une vraie bohémienne au teint cuivré, pouilleuse et effrontée. Lavée et correctement habillée, elle aurait pu être belle, mais elle aurait toujours senti l'enfer. Je lui tendis ma main droite.

– En voilà une main de paresseux ! Bien douce, bien lisse !

– Je suis un employé de bureau, ricanai-je.

De la main gauche, je m'envoyai une autre lampée dans le gosier.

– Ta ligne de cœur est longue, me dit la fille.

Elle suivit la ligne du bout de son ongle sale et je ne me pus m'empêcher d'imaginer que Léonie m'attendait au bout de ce sillon. Je l'aime depuis que j'ai sept ans.

– Tu es fidèle en amour, c'est une bonne chose.

Malgré moi, je tressaillis. Ma fiancée s'appelle au complet Léonie de Bonnechose.

La bohémienne enfonça alors son pouce dans le gras de ma paume :

– Ton mont de Vénus est relevé : tu as plus de cœur que de tête… Et ta ligne de vie est coupée en plusieurs endroits. Tu mènes une vie dangereuse. Tu devrais en changer si tu ne veux pas mourir jeune. Oh, oh, ta ligne de chance…

Je refermai la main.

– C'est bon, assez de singeries !

De la chance, je n'en ai jamais eu. Quand j'étais encore au berceau, des voleurs m'ont enlevé pour se venger de mon père, et ma mère en est morte de chagrin. Je portai la main à mes yeux pour en essuyer les larmes. Je m'aperçus qu'ils étaient secs, mais que je voyais trouble.

– J'ai été abandonné dans un orphelinat, j'ai fait de la prison, je suis allé au bagne, j'ai été presque guillotiné !

Est-ce que j'étais en train de raconter ma vie tout haut ? Il me sembla que les clients me regardaient en riant. J'avais trop bu, le froid de la rue allait me remettre les idées en place.

Je gagnai la porte du café en butant dans les tables et les chaises, puis je fis quelques pas sur le trottoir, qui était pris de tangage comme le pont d'un bateau. J'avais beau écarquiller les yeux, j'y voyais de moins en moins. Cette démone de bohémienne m'avait empoisonné, j'étais en train de perdre la vue. Mais au moment même où cette horrible pensée me venait, j'aperçus sous un réverbère, dans un rond de lumière, un enfant d'une dizaine d'années au long visage creusé par la maladie, un col de dentelle blanche rabattu sur ses maigres épaules. Il me sembla que je le connaissais. Et pourtant, je ne l'avais jamais vu…

– Qu'est-ce que tu fais là ? m'étonnai-je. Où est ta maman ?

– Elle est morte, ils l'ont tuée, me répondit l'enfant.

Puis il joignit les mains sur sa poitrine :

– Oh, mon cœur, monsieur, mon cœur !

C'était l'enfant qu'on voulait assassiner. Et il était dehors en pleine nuit !

– Eh, il faut que tu rentres à la maison !

Je tendis la main vers lui pour le saisir au collet, mais je ne happai que le vide. Et là, bing, ma tête explosa. L'enfant avait disparu, mais pas le réverbère.

2
Le chien de la mère Michu, le meurmouimette du docteur Pelletan et l'oubli de Léonie.

La nuit, mon père jouait aux cartes avec des tricheurs, trinquait avec des voleurs chez papa Guillotin ou fricotait avec les filles du Palais-Royal, et chaque fois sous un déguisement différent. Le matin, dans son bureau de la galerie Véro-Dodat, il écoutait les rapports d'une trentaine d'agents et leur donnait ses ordres. L'après-midi, il faisait des filatures ou des perquisitions. Quand dormait-il ? Jamais. Mais c'était à moi qu'il recommandait de se coucher tôt parce que j'avais mauvaise mine !

Pour lui éviter d'autres commentaires, je cachai sous mes boucles blondes l'énorme bosse que m'avait value ma rencontre avec un réverbère. Je n'avais pas l'intention de raconter à mon père qu'une bohémienne avait drogué ma boisson pour me voler, et que je serais mort de froid si des buveurs, sortant de chez Polidori, ne m'avaient aperçu, vautré tout de mon long sur la chaussée.

– Nom de nom, tu pourrais dormir les nuits où tu n'es pas en mission, rouspéta mon père en me dévisageant. Tu as fait la fête au Lapin Volant ?

– Un peu.

Son regard se posa sur mon front.

– Tu t'es battu ?

– Un peu.

Il n'eut pas le temps de me faire avouer la vérité. Une brave dame passa la tête dans l'entrebâillement de la porte :

– Monsieur le chef de la Sûreté, c'est ici ?

– Un peu, grogna-t-il.

– Je m'aurais pas permise de vous déranger si le commissaire Jacquot, il m'aurait pas dit d'aller vous voir… C'est-ti vrai que vous retrouvez les gens qui z'ont été enlevés par des bandits ?

– Je retrouve plus facilement les bandits qui les enlèvent.

– Mais les chiens, fit la dame en s'asseyant, vous retrouvez les chiens ?

Le commissaire Jacquot aimait nous envoyer tous les toqués de l'arrondissement. Madame Michu - c'était son nom – nous apprit que sa chienne faisait ses besoins à heure fixe sur le trottoir de la rue Rousseau, qu'elle, madame Michu, se contentait de lui ouvrir la porte de son rez-de-chaussée, et que, dix minutes plus tard, la petite chérie grattait à la porte pour demander à rentrer. Sauf que la veille elle n'était pas rentrée.

– Depuis hier, vous vous rendez compte ! Du froid qu'il fait ! Elle qu'a les poumons fragiles !

La pauvre madame Michu sanglotait. Mon père la regardait avec des lueurs de meurtre au fond des yeux.

– Et à quoi elle ressemble, votre chienne ? demandai-je.

Je me tournai vers mon chef :

– On peut toujours faire passer son signalement à nos agents.

– Oh oui, mon petit monsieur, faites-le, faites-le ! me supplia madame Michu.

Je pris donc en note : caniche femelle, blanche, six ans, répondant au nom de Joliette.

Nous venions de nous débarrasser de la mère Michu, qui avait perdu son chien, quand un bonhomme à sourcils de Croquemitaine franchit à son tour la porte du bureau. Il s'avança, le chapeau à la main.

– Monsieur le chef de la Sûreté, commença-t-il en s'asseyant sur le bord de la chaise, c'est le commissaire Jacquot qui m'a conseillé de m'adresser à vous. Je sais que vous allez me prendre pour un fou… Mais voilà, tout a commencé il y a deux mois.

– Si vous me disiez votre nom ? l'interrompit mon père.

– Pelletan. Excusez-moi, je suis si troublé… Je suis le docteur Gabriel Pelletan, chirurgien en chef à l'Hôtel-Dieu. Je suis honorablement connu, monsieur, veuf, sans enfant.

Mon père acquiesça.

– Et donc, voilà, tout a commencé il y a deux mois…

Le bonhomme nous raconta une histoire d'aveugle qui jouait de l'orgue de Barbarie sous ses fenêtres pour mieux l'espionner. Puis il prétendit que l'aveugle, qui n'était pas aveugle, l'avait suivi dans la rue à plusieurs reprises. Enfin, il se méfiait de la concierge de son immeuble, la dame Baratin, qui ouvrait la porte à n'importe qui, y compris la nuit. Mon père hochait la tête sans rien dire.

– Ah, je vois bien que vous pensez que je suis dérangé ! s'écria Pelletan sur un ton de désespoir.

– Non, docteur, mais je voudrais que vous me disiez ce que vous gardez de si précieux chez vous, et qui vous rend tellement nerveux.

– On m'avait bien dit que vous étiez fort, murmura Pelletan.

Ce constat n'avait pas tellement l'air de lui faire plaisir. Tout en se torturant les mains, il poursuivit d'un ton hésitant :

– Il s'agit d'un secret qui ne m'appartient pas... Je ne sais pas si j'ai le droit... Il y a tant de gens malhonnêtes...

Monsieur Personne lui indiqua la porte de son bureau :

– Si vous ne me faites pas confiance, je ne vous suis d'aucune utilité. Je suis au regret. Adieu, monsieur.

– Non, attendez ! Attendez...

Pelletan eut encore quelques secondes d'hésitation, puis il céda à l'envie de partager son secret avec quelqu'un.

– C'est le meurmouimette, marmonna-t-il.

– Pardon ?

Le docteur quitta brusquement son siège. Il regrettait d'avoir commencé à se confier. C'est que la rumeur courait à Paris que mon père était moitié grinche, moitié cogne*.

– Je dois… Je vais réfléchir.

Tandis que Pelletan remettait son chapeau, je fis un signe à mon chef dans son dos. Nous avons tout un langage muet à la brigade. Pour dire qu'on souhaite prendre quelqu'un en filature, on fait trotter dans l'air l'index et le majeur de la main gauche. Mon père cligna deux fois des yeux pour m'en donner l'autorisation. Je tins la porte ouverte pour laisser passer le docteur Pelletan et je la refermai lourdement derrière lui. Un instant plus tard, je le retrouvai au sortir de la galerie Véro-Dodat.

Absorbé dans ses pensées, il s'éloigna par la rue Saint-Honoré puis, tournant à gauche, il me conduisit au bas de chez lui sans s'en douter. C'était un immeuble bourgeois de quatre étages. Il y entra et moi, je restai sur le trottoir, bouche bée. Le docteur Pelletan vivait au numéro 9 de la rue des Prouvaires, juste à côté de la boucherie chevaline.

Était-ce chez cet homme que se trouvait l'enfant dont la vie était menacée ? En ce cas, il avait menti.

* Moitié voleur, moitié gendarme

Il ne redoutait pas les voleurs, mais les assassins. Et s'il était veuf, il n'était pas sans enfant. Que devais-je faire ? Retourner avertir le chef ou faire connaissance avec la concierge ? Comment s'appelait-elle déjà, cette bavarde ? Ah oui…

– Bonjour, madame Baratin.

– On se connaît ? me répondit une voix criarde.

Je lui glissai une petite pièce dans la main pour la radoucir.

– Vous avez un locataire du nom de Pelletan ?

– Le docteur ?

– Il est veuf, n'est-ce pas ?

La dame Baratin se contenta d'acquiescer.

– Il a des enfants ?

Elle fit non de la tête.

– Un garçon dans les dix ans ? insistai-je.

Non, toujours non.

– Blond, l'air maladif, des yeux… hum… bleus.

J'essayais de me souvenir de la terrible apparition sous le réverbère :

– Un col en dentelle blanche… un nez un peu long…

La concierge avait cessé de hocher la tête et me regardait à présent, les yeux ronds d'étonnement. Je lui glissai une autre pièce pour l'aider à retrouver la parole.

– C'est le portrait qu'est dans le salon.

Elle avait parlé à voix basse. À mon tour, je chuchotai :

– Un tableau qui est chez le docteur Pelletan ? Oui ?… Et l'enfant lui-même, vous êtes sûre de ne l'avoir jamais vu ? Il est peut-être malade ? Retenu dans sa chambre ?

– Non, non, non, bougonna la concierge. Et maintenant, allez-vous-en ! C'est pas des façons, ça. Je suis une honnête femme, pas une moucharde.

Elle avait dû flairer en moi le policier. De toute façon, j'en savais assez. Si l'enfant n'était pas rue des Prouvaires, son portrait s'y trouvait. Mais qu'avais-je vu la nuit passée ? L'enfant lui-même ou son fantôme ? Ou bien était-ce une hallucination, comme disent les médecins ? Oui, c'était cela, une hallucination, et le parfait-amour en était la cause. J'aime que les choses s'expliquent, je ne crois pas aux diableries.

Je ne crois pas non plus aux lignes de la main. Pourtant, une fois dans ma chambre, rue Cloche-Perce, j'examinai ma paume droite. Ma ligne de cœur était longue, profonde, formée de maillons comme une chaînette. «Tu es fidèle en amour», m'avait dit la bohémienne. C'est vrai, j'aime Léonie depuis le jour où je l'ai vue faire de la balançoire dans son jardin. Mais est-ce que je pourrai l'épouser ?

Mon problème, c'est que je manque d'ancêtres. Les Bonnechose en ont un, qui remonte à Saint Louis, et qui est mort de la peste à la croisade. C'est un grand sujet de satisfaction pour monsieur de Bonnechose. Son grand chagrin, c'est de n'avoir qu'une fille, parce que le nom de Bonnechose va disparaître de la surface de la Terre. Sa femme, après avoir eu deux fils mort-nés, s'est consolée en jetant l'argent par les fenêtres. Lui est devenu de plus en plus grognon. La seule chose que pouvait encore faire Léonie pour plaire à ses parents, c'était de se trouver un mari avec tout un tas d'ancêtres. Un mari comme le baron Côme de la Trimbaldière.

Je refermai la main et enfonçai mes ongles dans le mont de Vénus. Jaloux, voilà ce que j'étais. Bien sûr, Léonie ne m'avait donné aucune raison de l'être. Une fois par semaine, nous nous retrouvions, en cachette de ses parents, au jardin du Luxembourg, près de la statue du Gladiateur mourant. Léonie pensait toujours à m'apporter des fruits confits, ce qui est une incontestable preuve d'amour, surtout de ma part, parce que je n'aime pas les fruits confits et je ne le lui ai jamais dit. Mais Léonie avait « oublié » de me parler de la Trimbaldière. J'avais appris son existence par sa femme de chambre, Nini Guibole.

Côme de la Trimbaldière avait trente ans et une réputation de séducteur. Depuis quelques semaines, il offrait des partitions de piano à Léonie, il lui faisait des compliments idiots – en vers. D'après la femme de chambre, Léonie faisait semblant d'être aimable avec lui pour ne pas fâcher ses parents. Mais à force de faire semblant, elle finirait peut-être par l'aimer vraiment… Il y a une chose pire qu'un rival qu'on connaît, c'est un rival qu'on imagine. Il fallait que je voie ce Trimbaldière, que je me rassure en lui trouvant un défaut, une voix de canard enroué ou un nez en pied de marmite. Personne n'est parfait, comme disait le cyclope en avouant qu'il était myope.

Les Bonnechose donnaient une réception tous les vendredis. Je pris des gants blancs dans mon armoire de déguisements. Je me collai des favoris pour me vieillir et je glissai un petit coussin sous mon gilet. Je suis blond, je mis une perruque brune. J'étais méconnaissable, surtout que, quand un domestique vous tend son plateau, c'est le plateau qu'on regarde.

Nini Guibole m'accueillit à l'office. Elle m'expliqua que les trois salons avaient été ouverts pour les besoins de la réception. Je pris un plateau d'argent et j'entrai dans le premier salon, le plus brillamment éclairé. J'offris un verre d'orangeade à quelques dames tout en cherchant celle de mes pensées. Et je la vis :

Léonie menue, modelée dans un nuage,
Un rire moqueur aux lèvres, une rose au corsage…

Mon Dieu, cela devient grave, je fais des vers, moi aussi ! Bref, Léonie est une petite blonde aux yeux noirs, et ils étaient une douzaine à se presser autour d'elle comme des mouches autour d'un pot de miel. Mais ce n'étaient que de très jeunes gens, aucun d'eux ne pouvait être le baron Côme de la Trimbaldière. Pour m'éviter d'aller les boxer, je passai dans le salon suivant où des vieillards jouaient au whist pendant que des grosses mamans aux jambes fatiguées se reposaient devant la cheminée. Toujours pas de Trimbaldière.

Le dernier salon était plongé dans la pénombre et je crus d'abord que personne ne s'y était aventuré. Mais un bourdonnement de voix me détrompa. M'approchant de la porte, j'entraperçus un cercle de messieurs tous semblables dans leurs habits noirs et je reconnus la voix de monsieur de Bonnechose qui disait :

– … et donc, entre la poire et le fromage, il lui glissa : « Je suis bonne poire. Coupons la poire en deux. »

Des éclats de rire saluèrent ce qui devait être une histoire drôle ridiculisant Louis-Philippe et sa tête en forme de poire.

– Mais dites-moi, n'est-ce point l'heure de retourner au grand salon ? fit une voix chevrotante.

– Vous avez raison, monsieur de Liechtemberg, répondit le maître de maison. Trimbaldière doit nous amener… qui vous savez. Retournons au grand salon. Liechtemberg, prenez mon bras.

Je me dépêchai de partir en cuisine et je chargeai mon plateau de glaces et de biscuits. Je revins au moment où un domestique annonçait d'une voix solennelle :

– Monsieur de la Trimbaldière ! Monseigneur le duc de Normandie !

Il y eut quelques murmures d'étonnement : « Qui ça ? Le duc de quoi ? » Le monseigneur annoncé était un gros rougeaud d'une cinquantaine d'années, marchant les cuisses écartées. Moi, c'était Côme de la Trimbaldière qui m'intéressait. L'œil de braise avec des cernes de débauché, la bouche cruellement dessinée, il me dépassait de la tête et des épaules. Mon père avait raison de me traiter en enfant. Trimbaldière, lui, était un homme.

Il s'avança vers le cercle de graves messieurs en habit noir et dit :

– J'ai le privilège de vous présenter Monseigneur Louis-Charles, dauphin de France.

Ce ne furent pas ces mots, pourtant étranges, qui me pétrifièrent, mais l'apparition de monsieur de Liechtemberg au bras de monsieur de Bonnechose. C'était un vieillard à demi paralysé, portant culotte courte et bas blancs. En un mot : papa. S'il posait le regard sur moi, mes favoris se décolleraient et mon ventre postiche glisserait à terre, j'en étais certain. Je lâchai mon plateau et m'enfuis en courant.

Le lendemain, je remâchai ma colère. Mon père aurait dû me prévenir qu'il menait une enquête sous le toit de ma fiancée !

– Je suis son lieutenant et il ne me dit pas la moitié de ce qu'il fait.

Gaby m'écoutait, le nez baissé sur son verre. Nous étions tous deux assis à une table du Lapin Volant.

– C'est un sournois, m'approuva Gaby. Tiens, savais-tu qu'il a une bonne amie ?

– Papa ! ?

– C'est une ponante* du Palais-Royal.

Je ricanai :

– C'est le métier qui veut ça. Les filles lui donnent des informations sur les mauvais coups en préparation.

– Non, celle-là, c'est sa bonne amie, s'entêta Gaby. Elle s'appelle Caramel. Il paraît qu'elle a du sang de négresse dans les veines. Ça doit lui plaire. Moi, j'ai du sang de navet.

Pour lui changer les idées, je parlai à Gaby de l'apparition de l'enfant sous le réverbère et du portrait qui lui ressemblait chez le docteur Pelletan. Il n'y avait qu'à Gaby que je pouvais raconter certaines choses sans me sentir gêné.

– Je ne sais pas s'il y a un rapport, marmonna Gaby, le menton dans la main, mais Frédo a trouvé cette nuit dans un tas d'ordures un chien crevé à qui

* prostituée

on avait ouvert les côtes. Eh bien, figure-toi qu'on lui avait arraché le cœur!

D'un geste brusque, j'écartai la main de Gaby:

– Répète un peu ce que tu viens de dire! Un chien, quel genre de chien?

– Heu... Un petit chien.

– Blanc? Un caniche?

– Peut-être bien.

– Pauvre Joliette, soupirai-je.

Un peu plus tard dans la journée, je me fis confirmer par Frédo qu'il s'agissait bien d'un caniche blanc. Sa cage thoracique avait été ouverte à la scie et le cœur prélevé plutôt qu'arraché.

Du travail soigné, un travail de chirurgien, n'est-ce pas, docteur Pelletan?

3
Les affaires de cœur ne sont pas toutes des histoires d'amour.

Puisque mon père me cachait ses activités, je décidai d'en faire autant et de poursuivre seul mon enquête sur le docteur Pelletan. Je voulais voir le portrait qui était chez lui et vérifier qu'aucun enfant vivant ne s'y trouvait retenu. Trois jours de faction en face de la boucherie chevaline m'apprirent que le chirurgien en chef de l'Hôtel-Dieu menait une existence routinière. Départ le matin à sept heures et retour le soir à huit heures.

Le quatrième jour, au crépuscule, je passai en rampant devant la loge vitrée de madame Baratin avant de courir jusqu'à l'escalier. L'appartement du docteur était au premier étage, une partie donnant sur la rue et l'autre sur la cour. J'avais décidé d'entrer tout simplement par la porte, mais il me fallait opérer très vite pour ne pas être surpris par les voisins. Les agents de la Sûreté travaillent avec les mêmes outils que les voleurs. Je n'eus besoin que de trente secondes pour forcer la serrure avec mon rossignol*.

Une fois dans le vestibule, je compris comment madame Baratin avait pu, rien qu'en apportant le courrier au docteur, voir le portrait de l'enfant. Il était accroché au mur du salon, juste en face de la porte d'entrée. Je fis trois pas en sa direction. Même dans la pénombre, je l'avais reconnu. C'était bien le jeune garçon que j'avais vu dans la rue, avec son regard absent et ses épaules tombantes. Un joli enfant gracieusement habillé, mais voué à la maladie et au malheur. Je sursautai au milieu de mes réflexions. Étant formé à l'école des grinches, je savais détecter une présence, même silencieuse, même immobile. Je n'étais pas seul dans la maison. Allais-je voir apparaître l'enfant ? Je regardai le salon autour de moi, les lourdes tentures, les meubles anciens. L'endroit me faisait penser au salon de mes tantes à Tours, à l'époque où j'étais moi-même un petit garçon. Je

* Passe-partout

tendis l'oreille. Un bruit, oh, très léger. Le plancher n'avait même pas craqué, mais il y avait quelqu'un dans la pièce à côté, quelqu'un qui prenait des précautions pour ne pas être entendu de moi. S'il voulait s'échapper, il devrait passer devant moi. Il était acculé, il le savait. Doucement, je me baissai pour récupérer le couteau que je garde lacé contre mon mollet. Mais je n'eus pas le temps de m'en saisir. Une forme rouge et noire jaillit de la porte. J'étendis les bras pour lui barrer le passage.

– Maudit gadjo !

C'était cette démone de bohémienne. Elle s'arracha à moi, me laissant un bout de son châle entre les doigts. Mais l'objet, qu'elle tenait serré contre elle, lui glissa des mains et roula sur le parquet dans ma direction. Elle s'enfuit en crachant quelques malédictions dans une langue inconnue.

Ce qu'elle était venue voler en pénétrant par la fenêtre sur cour, c'était un bocal de verre qui, par miracle, ne s'était pas brisé en tombant. Je le ramassai et le mis sous ma veste, avant de prendre la fuite à mon tour. Vol avec effraction. Quinze ans de bagne. Voilà ce qui me traversa l'esprit quand je me retrouvai rue des Prouvaires. Le plus contrariant, c'était que la bohémienne m'avait probablement reconnu.

Une fois la porte de ma chambre refermée, j'allumai ma chandelle et j'examinai le bocal qui n'avait cessé de glouglouter contre ma poitrine tout le long du trajet. Plongée dans un liquide translucide, il y avait une chose répugnante d'une couleur rouge sombre, une chose qui faisait moins de dix centimètres de haut sur trois ou quatre de large, un viscère conservé dans de l'alcool. Un cœur.

– Un cœur d'enfant, murmurai-je.

Et ces mots prononcés malgré moi me firent dresser les cheveux.

Je me mis tout de même au lit, mais le sommeil fut lent à venir. Je regrettai de n'avoir pas de clé pour fermer ma porte. Ma chambre ouvrant sur la cour du Lapin Volant, je m'étais toujours senti protégé par les grinches et les escarpes* qui se réunissaient à la taverne.

Onze coups sonnèrent à l'église Saint-Gervais. J'entendis des pas dans la cour, c'était sans doute Bourguignon, le patron de la taverne, allant chercher des bouteilles dans sa réserve. Ou bien la bohémienne ? Quand elle m'avait volé ma bourse, elle

* Les voleurs et les assassins

avait pu voir dans ma poche une lettre de Léonie et y lire mon adresse.

Je me forçai à sortir de mon lit pour aller appuyer le dossier d'une chaise contre ma porte. En retournant me coucher, je sentis quelque chose dans mon dos, comme un courant d'air s'infiltrant sous ma chemise pour me glacer la moelle des os.

– Mon cœur, fit une voix plaintive, monsieur, vous m'avez pris mon cœur.

En un sursaut, je fis face à l'enfant. Deux pas nous séparaient, mais je savais que je ne pourrais pas l'attraper. Pour la bonne raison qu'il n'existait pas. À présent, je grelottais comme si le froid de la mort s'était emparé de moi.

– Il… il est dans le bocal, balbutiai-je. Le cœur… Mais ce n'est pas moi… Si vous le voulez, il est…

Je désignai mon armoire de déguisements. C'était là que j'avais rangé la chose sur la dernière étagère.

– Regardez, gémit l'enfant, il n'est plus là.

Disant ces mots, il écarta sa chemise et, du même geste, il écarta les côtes de sa maigre cage thoracique. « Du froid qu'il fait, pensai-je, lui qui a les poumons fragiles ! » C'est là que je m'aperçus que l'enfant avait une tête de caniche et que je décidai de me réveiller.

J'étais au lit, les pieds gelés. Ma chandelle brûlait toujours. Minuit sonna à l'église Saint-Gervais. D'un coup d'œil, je m'assurai que j'avais bien placé une chaise devant ma porte. J'allais souffler ma chandelle quand, de nouveau, les cheveux se dressèrent sur ma tête. Une porte était ouverte, celle de mon armoire de déguisements, pas grande ouverte, mais entrebâillée. De deux choses l'une, ou je l'avais mal fermée tout à l'heure, ou l'enfant était venu reprendre son cœur sur l'étagère.

– On verra demain, marmonnai-je.

Quand il fait jour, la probabilité que les fantômes existent diminue considérablement.

– Quelle horreur ! s'écria Gaby quand je fis miroiter le bocal dans un rayon de soleil. Comment peux-tu garder ça ?

Je ricanai. Ce cœur en conserve n'était pas la preuve qu'il existe un au-delà, mais qu'il y avait eu un assassinat. D'une manière ou d'une autre, le docteur Pelletan y était mêlé et je devais en avertir monsieur Personne. Mais il n'allait pas être content que j'aie agi sans ordre. Aussi, dès que j'entrai dans son bureau, c'est moi qui fis semblant d'être furieux :

– Vous auriez pu me dire que vous enquêtiez chez ma fiancée !

Je voulais que mon père reconnaisse ses torts avant de lui avouer les miens. Mais je n'en eus pas le temps, car on frappa à la porte.

– Entrez !

La personne qui entra était la dernière que je souhaitais voir.

– Je ne sais pas si vous vous souvenez de moi, monsieur le chef de la Sûreté ? Oh, j'aurais dû vous faire confiance, l'autre jour…

C'était le docteur Pelletan. Il m'adressa un signe de tête avant de s'effondrer sur la chaise.

– J'ai été volé hier soir. La porte a été forcée et la fenêtre de la cuisine a été brisée.

– La porte ET la fenêtre ? s'étonna mon père. Et que vous a-t-on volé ?

– Le meurmouimette…

– Pardon ?

Cette fois, le docteur Pelletan se résigna à articuler :

– Le cœur de Louis XVII.

Mon père hocha la tête pendant dix longues secondes avant de répéter sur un ton interrogatif :

– Le cœur de Louis XVII ?

– Dans un bocal. C'est toute une histoire, monsieur. Je ne voudrais pas abuser de votre temps…

– Du tout, du tout. Allez-y !

Fort heureusement, personne n'avait fait attention à moi pendant cet échange. Je devais avoir l'air le plus stupide qu'on ait jamais vu à un lieutenant de la Sûreté. Louis XVII ? Le petit garçon qui m'avait réclamé son cœur, c'était… Louis XVII ?

– Louis XVII, balbutiai-je, c'est… c'est le fils de Louis XVI ?

Mon père me regarda, l'air encore plus stupéfait que moi.

– Il a été guillotiné, non ? demandai-je, en fronçant les sourcils dans un effort de mémoire.

Mon père se prit la tête entre les mains en marmonnant : « Mais quelle buse ! »

– Ah non, ça me revient ! Il s'est échappé de la prison, caché dans un cheval de bois !

C'était une histoire que me racontaient mes tantes adoptives, les demoiselles de Lange, quand j'étais petit garçon.

– Hum… hum… Je crains que ce ne soit une belle histoire, me corrigea doucement le docteur Pelletan. Dans la réalité, le petit dauphin a été emmuré vivant au deuxième étage de la prison du

Temple, il n'avait pas neuf ans, et il est resté ainsi dans les ténèbres, la crasse et la solitude pendant six mois, nourri de pain et de lentilles qu'on lui passait par un guichet. Quand enfin on a eu pitié de lui, il était trop tard. Il ne tenait presque plus debout, il ne parlait plus, il avait des tumeurs aux genoux et aux poignets…

D'un moulinet de la main, mon père lui fit signe de passer les détails.

– On a fait venir deux médecins pour le soigner, et l'un d'eux était mon père, comme moi-même chirurgien en chef à l'Hôtel-Dieu. Le 5 juin 1795, il a été conduit dans la tour du Temple et il y a trouvé celui qu'on appelait le fils Capet. Il me l'a décrit plus de cent fois, il en a été hanté jusqu'à la fin de sa vie. Le petit roi avait toujours son beau visage, ses cheveux blonds, ses yeux si bleus. Mais il était difforme, détruit par la maladie, et presque imbécile. Mon père n'a rien pu faire pour lui. Trois jours plus tard, le petit était mort.

Le docteur Pelletan laissa passer quelques instants avant d'ajouter :

– Et mon père a procédé à son autopsie.

– L'autopsie ? releva monsieur Personne. Pour quoi faire ?

– Le comité de Sûreté générale ne voulait pas

être accusé d'avoir fait empoisonner le petit prisonnier. Mon père a donc examiné les viscères et découpé la calotte du crâne. L'opération a duré près de cinq heures et mon père a conclu à une mort par maladie scrofuleuse. Pendant qu'il recousait le corps, ses collègues médecins, le concierge et l'officier se sont éloignés près de la fenêtre pour causer.

La voix naturellement basse du docteur Pelletan devint plus basse encore, et je dus tendre l'oreille pour saisir cet aveu qui me glaça le sang :

– Profitant de leur inattention, mon père a pris le cœur de l'enfant, il l'a roulé dans la sciure qui était sur la table, il l'a enveloppé dans son mouchoir et mis dans sa poche. Une fois arrivé chez lui, il l'a plongé dans un bocal empli d'esprit-de-vin. Et c'est là que se situe une anecdote amusante, parce que nous avions à la maison une vieille gouvernante assez sotte et un peu sourde qui comprit que le cœur était conservé dans de « l'esprit de vie ». Le bruit se répandit dans le quartier que mon père avait trouvé une façon de garder en vie les viscères…

Le fils Pelletan se prit à rire :

– Bref, nous avions un cœur vivant chez nous !

Ni mon père ni moi n'avions ri de l'anecdote amusante.

– Soupçonnez-vous quelqu'un du vol ? questionna monsieur Personne.

– Eh bien, comme je vous l'ai déjà dit, j'ai été espionné pendant plusieurs jours. Un joueur d'orgue de Bar…

– C'était un homme de main, le coupa monsieur Personne. Il travaillait pour quelqu'un d'autre. Est-ce que ce cœur a de la valeur ?

– De la valeur ? Il en avait pour les seules personnes qui n'en ont pas voulu.

– Comment ça ?

– Oh, c'est encore toute une histoire et je ne sais pas si…

– Allez-y, allez-y !

– Pendant tout le temps de la Révolution et de l'Empire, vous pensez bien que nous ne nous sommes pas vantés de posséder le cœur du dauphin. Même cette gouvernante trop curieuse n'en savait pas la provenance. Mais quand Louis XVIII est monté sur le trône, mon père a voulu lui faire don de ce cœur. C'était l'oncle du petit. Il lui a écrit, il lui a envoyé une copie de l'autopsie qu'il avait faite pour prouver qu'il s'agissait bien du cœur du dauphin. Il a aussi écrit à la duchesse d'Angoulême. C'était la sœur de Louis XVII, la seule de la famille à être sortie vivante de la tour du Temple. Eh bien, ni l'oncle ni la sœur n'ont voulu recevoir mon père.

Pelletan resta un instant pensif avant d'ajouter :

– Je me demande parfois si ce cœur ne porte pas malheur. Mon père a perdu son poste de chirurgien en chef, et il a fini sa vie dans la misère…

– Ne dites pas de sornettes, le rembarra le chef de la Sûreté. Cherchez plutôt qui peut avoir intérêt aujourd'hui à posséder ce cœur.

– C'est votre métier, monsieur, pas le mien, répliqua le docteur, sans cacher le mépris que la brigade de Sûreté lui inspirait.

Mon père se mit à réfléchir à haute voix :

– Comme on n'a jamais retrouvé le corps du dauphin, ce cœur peut intéresser ceux qui veulent prouver sa mort… et ceux qui veulent faire croire que le dauphin est toujours en vie. Au fond, docteur, ce n'est pas moi que votre histoire intéresse, c'est la police politique.

– Ah bon ? Mais je… je ne fais pas de politique, balbutia le chirurgien.

Je lus dans les yeux de monsieur Personne qu'il avait décidé de faire payer son mépris au bonhomme :

– Vous n'êtes peut-être pas un conspirateur, ce qui reste à prouver, mais votre père a volé ce cœur…

– Chut, chut, fit le docteur Pelletan en regardant autour de lui, affolé à l'idée que le faux aveugle était peut-être l'œil de la police secrète.

Il se leva, mit son chapeau et murmura :

– Mettons que je ne suis pas venu, monsieur le chef de la Sûreté. Je ne porte pas plainte.

Quand il eut disparu, mon père étira bras et jambes, content d'avoir fait détaler le bourgeois.

– Mais quand même, me dit-il, je donnerais cher pour savoir qui a volé ce cœur, et en quelles mains il se trouve maintenant.

J'étais resté debout pendant toute l'entrevue, mais là je dus m'asseoir, car mes jambes ne me portaient plus. Il n'était plus question pour moi d'avouer quoi que ce soit. J'allais devoir garder dans mon armoire de déguisements ce cœur qu'on disait vivant et qui portait malheur. Bien sûr, je ne suis pas superstitieux. Être treize à table ne porte pas malheur, comme disait Jésus à Judas, j'ai juste un mauvais pressentiment.

Une fois dans la rue Rousseau, je m'aperçus que je ne savais toujours pas ce que mon père faisait chez monsieur de Bonnechose sous une fausse identité.

Avant de le quitter, je lui avais seulement demandé quels étaient ses ordres pour la semaine. Il m'avait répondu :

– Va écouter le cours d'histoire de monsieur Michelet à la Sorbonne ! Tu ne sais rien, tu me fais honte !

Mon père enrageait parce que je n'avais pas voulu recevoir une bonne instruction. Mais moi, je préférais la vie à la brigade et… traîner dans les rues.

Ce soir-là, je rejoignis Gaby sous les arcades du Palais-Royal. Elle voulait me montrer Caramel, la prétendue bonne amie de monsieur Personne. À cette heure louche, elles étaient nombreuses à déambuler dans leurs robes voyantes, ourlées de boue.

– Tiens, c'est celle-là, me chuchota Gaby en me serrant le bras.

Elle me montra une fille qui marchait en se tortillant à quelques pas de nous. Elle portait une robe de satin safran dont les plis luisaient par instants au clair de lune. Elle se protégeait du froid comme elle le pouvait, enveloppée dans un châle écarlate et or, et la plume rouge de son chapeau blanc venait lui chatouiller l'épaule.

Elle tourna soudain la tête vers nous, car elle nous

avait sentis dans son sillage. Je ne vis que deux grands yeux noirs sous des sourcils bien fournis et un teint d'ambre, rehaussé de deux tapes rouges sur les pommettes. Nous prenant pour deux gamins sans le sou, elle poursuivit sa route en ondulant des hanches.

– C'est une Espagnole, dis-je.

– Qu'est-ce que tu y connais ? me répliqua Gaby, la voix mauvaise. En tout cas, il la voit tous les jeudis.

Quand Gaby disait « il », elle parlait du chef.

– Si j'avais encore mes robes et mes bijoux, je serais plus belle que cette pierreuse* !

Elle tapa du pied dans une flaque, nous éclaboussant tous les deux.

– J'ai des seins et des hanches, moi aussi !

– Mais oui, mais oui, Gaby... Seulement, je vais te dire une chose : mon père a aimé une fois dans sa vie, et c'était ma mère. Elle est morte, et il ne veut plus aimer personne.

– Il te l'a dit ?

– Non, mais je l'ai deviné.

– Bah ! Qu'est-ce que tu y connais ?

* Prostituée de bas étage

C'est un peu fatigant d'être toujours pris pour un imbécile, comme disait le monsieur qui venait de scier la branche sur laquelle il était assis. Pourtant, en revenant chez moi, rue Cloche-Perce, je me traitai moi-même d'idiot en m'apercevant que ma chambre avait été fouillée. Mon armoire de déguisements béait, les deux battants ouverts, et sur la dernière étagère le bocal avait disparu.

4
Fruits confits et chiens refroidis – Maître Wizzard m'en met plein la vue.

Le lundi était le jour de Léonie. Je devais l'attendre sous la statue du Gladiateur mourant entre onze heures et midi. Dès que je la vis au bout de l'allée, je courus vers elle.

– J'ai été suivie, me dit-elle en jetant un regard derrière elle.

– Je vais le boxer !

– Mais non, monsieur de Lange.

Léonie m'appelait « monsieur de Lange » quand elle était de mauvaise humeur.

– Ce n'est pas un admirateur, c'est un pauvre fou. Qu'il pleuve, qu'il neige, il passe sa vie sur le trottoir en face de notre maison. Tenez, le voici, derrière la statue de sainte Geneviève. Mon Dieu, quelle vilaine figure !

Il se cachait à peine. Je le reconnus, c'était un inspecteur qui travaillait sous les ordres du commissaire Jacquot.

– C'est un policier, Léonie.

– Un policier ! Mais qu'est-ce qu'il me veut ?

– Ce sont peut-être... vos parents qui sont surveillés par la police, dis-je prudemment.

Le visage de Léonie s'éclaira :

– Oh, je sais ! C'est à cause de Louis XVII.

Je faillis protester : « Non, pas encore lui ! » Mais Léonie enchaîna :

– C'est cet idiot de Trimbaldière ! Il a présenté à mon père quelqu'un qui prétend être Louis XVII.

En un éclair, je revis le gros rougeaud que Trimbaldière avait présenté comme « monseigneur Louis-Charles, dauphin de France ».

– Mon père ne peut plus se passer de lui, reprit Léonie. Il dit qu'il a des yeux bleu-de-France et le nez de Marie-Antoinette. Je crois qu'il va lui demander sa main !

« Ou le marier à sa fille », pensai-je. Puis je me souvins de ce que mes tantes me racontaient quand j'étais enfant :

– Est-ce qu'il s'est échappé de la tour du Temple dans un cheval de bois ?

– Non. C'était dans un panier de linge sale. On l'a remplacé par un sosie, imbécile et muet, tandis que lui, grimé en petit nègre, passait en Angleterre au service de la duchesse de Devonshire. Mais la police de Napoléon l'a retrouvé et enlevé en pleine chasse au renard. Il a croupi de longs mois dans un cachot à La Rochelle, disputant sa nourriture aux rats. Puis il s'est évadé grâce à la fille du geôlier, tombée amoureuse de lui, et il a gagné l'Amérique, où il a vécu cinq ans dans la tribu des Indiens cherokees. Même maman croit ces sornettes ! Et il y a cet affreux vieux bonhomme, monsieur de Liechtemberg…

Je sursautai en entendant le nom d'emprunt de mon père.

– Il raconte qu'il a connu le dauphin quand il était encore enfant à Versailles et il jure qu'il le reconnaît. Il en bavait d'émotion, l'autre soir. Oh, je le déteste ! Je les déteste tous, Trimbaldière, mon pè…

Elle se rendit compte de ce qu'elle allait dire et, portant la main à son cœur, elle chercha à calmer sa respiration.

– Tenez, me dit-elle de son petit ton sec, j'ai pensé à vous apporter des fruits confits. Je sais que vous les aimez.

J'étouffai un soupir, puis j'offris mon bras à Léonie pour un tour de jardin. Comme elle paraissait encore tourmentée, j'eus une idée pour la distraire :

– Voulez-vous que je vous dise la bonne aventure ? Donnez-moi votre main droite…

Elle se déganta en riant et me tendit sa paume. Je suivis du doigt sa ligne de cœur. Elle était courte, peu profonde, rose pâle.

– Eh bien, que voyez-vous ?

– Hum… Vous avez une ligne de vie très longue, ma chérie.

Deux heures plus tard, j'entrai à la librairie de la galerie Véro-Dodat, où le libraire m'accueillit à sa manière :

– Personne n'est pas rentré et il n'y a personne.

– Je vais attendre.

Je commençai par marcher de long en large dans le bureau de mon chef, caressant un crâne d'assassin sur une étagère ou soupesant un casse-tête. Soudain, mon regard fut accroché par ces mots « Meurtres de chiens » écrits de la main de mon père sur un de ces dossiers où il classait les rapports de ses agents. L'affaire était en cours puisque le dossier était posé en évidence sur sa table de travail. Mon père n'aurait pas aimé me voir fouillant dans ses papiers, mais il n'était pas là, et après tout un lieutenant doit se tenir au courant.

Cinq rapports signalaient la découverte dans des décharges ou des terrains vagues de cadavres de chiens que les agents décrivaient comme « éventrés », « ouverts » ou « mutilés ». Sur l'un des rapports, mon père posait en marge la question : « A-t-on enlevé le cœur ? »

Mon propre cœur fit un bond quand j'entendis du bruit dans le couloir. Je reposai précipitamment le dossier, m'assis sur la chaise, croisai les jambes et pris l'attitude du monsieur qui patiente en mâchonnant un cure-dents. Mon père entra en coup de vent. Il était dans son personnage de vieux grognard des armées napoléoniennes, les joues mal rasées, les bottes trouées et le haut-de-forme cabossé. Son premier geste, avant même d'ôter son manteau, fut de remettre le dossier « Meurtres de chiens » à l'endroit exact – au millimètre près – où je l'avais trouvé.

– Quelles nouvelles ? me dit-il en se laissant tomber lourdement sur son siège.

– Le commissaire Jacquot fait surveiller la famille Bonnechose. Est-ce pour la même raison que vous ?

– Ta police est bien faite, compliments.

– Merci, mais je veux une réponse.

– Ce n'est pas une façon de parler à son père.

– Je suis votre lieutenant, et vous me cachez tout. Par exemple, ce dossier sur votre bureau…

– … que tu t'es permis de feuilleter. Eh bien ?

– Depuis quand vous vous intéressez aux chiens ?

– Depuis qu'un maniaque s'amuse à les dépecer. Et quant aux Bonnechose, si je les surveille, c'est par amitié. Figure-toi qu'ils reçoivent depuis peu un prétendant à la couronne de France.

– Oui, je sais, Louis XVII…

– Quand je l'ai rencontré au bagne de Toulon, il se faisait appeler Paluchard.

Un forçat ! Voilà l'homme que Trimbaldière avait introduit sous le toit de Léonie !

– Est-ce qu'il vous a reconnu ? demandai-je.

– Personne ne reconnaît Personne. Et surtout, je lui suis très utile. Dans tous les salons où il va, il fait recevoir ce brave vieux Liechtemberg qui jure, avec des trémolos dans la voix, qu'il a retrouvé l'orphelin du Temple.

– Vous feriez mieux de le démasquer.

– Pas avant de savoir ce que Trimbaldière a dans la tête. Si Paluchard était seul en cause, je dirais qu'il faut surveiller l'argenterie des Bonnechose. Mais Trimbaldière est riche. Qu'est-ce qu'il veut ? Mettre Louis XVII sur le trône ?

J'eus une vision d'horreur : le gros Paluchard avec une couronne sur la tête et Léonie sur le siège d'à côté.

Deux coups légers furent alors frappés à la porte et l'agent Frédo se faufila dans le bureau :

– Vous m'avez dit de vous prévenir si je trouve un aut' cabe refroidi*... Mais un singe, ça compte aussi ?

– Un singe !

– Oui, je l'ai fait porter z'à la morgue.

– À la morgue, lieutenant ! me lança mon chef en se levant.

C'est un endroit où il aime m'emmener. Je ne sais pas si c'est pour m'endurcir ou pour me dégoûter du métier. Mais ce n'était pas un cadavre de singe qui allait me faire tourner de l'œil.

Le morgueur, le père Geoffroy, dit Chaud-Froid, nous attendait sur le trottoir en tapant du pied pour se réchauffer :

* Un autre chien mort

– Beau temps pour les morts, hein ? Surtout pour vot' singe, parce que, c'est pas pour vous le reprocher, mais il est un peu avancé.

Il nous conduisit à la salle de dissection. Un mouvement de curiosité me poussa vers la table de marbre noir où le singe était étendu. Mais je fis bien vite un pas de recul et je prierai mes lectrices d'en faire autant, car la scène qui suit n'est pas du tout faite pour elles.

– Avec vot' permission, dit le morgueur, je vas fumer ma bouffarde*, rapport à l'odeur.

– La mort remonte à deux ou trois jours, le cadavre a perdu sa rigidité, mais la putréfaction ne fait que commencer, observa mon père qui se tenait devant le cadavre, son mouchoir sur le nez.

Je le vis qui glissait sa main gantée le long du bras velu de l'animal. Il attrapa quelque chose entre le pouce et l'index et l'éleva vers la lumière. Un fil rouge.

– Il était habillé d'une veste rouge. C'était un singe dressé comme en ont les saltimbanques. Il était attaché par une chaîne solide, voyez comme son cou est râpé… On a ouvert sa cage thoracique avec une scie à os.

* pipe

Du bout de sa canne, monsieur Personne parut explorer l'intérieur de l'animal.

– Le cœur est à sa place, mais c'est curieux, on dirait qu'on a essayé de… Fichtre !

Sans plus de façons, mon père plongea la main dans le thorax, il en ressortit quelque chose de trop petit pour que je puisse l'identifier de l'endroit où je me tenais. Il l'enveloppa de son mouchoir avant de l'empocher. Puis il alla rincer sa main gantée et le pommeau de sa canne dans un seau d'eau.

– Lieutenant, me dit-il sur ce ton professionnel qu'il prenait lorsque nous étions en public, vous ferez rechercher par tous nos agents le propriétaire de ce singe. Si l'animal lui a été volé, il a dû porter plainte dans un commissariat. Si c'est une fugue, il aura fait poser des affiches.

Il ne me dit rien de plus tant que nous fûmes dans la morgue et, une fois dans la rue, il resta pensif.

– Qu'est-ce qui vous tracasse ? lui demandai-je.

Il fit la grimace.

– Tous les chiens ont été ouverts comme ce singe avec une scie à os. Dans quatre cas au moins, on a détaché le cœur en sectionnant les artères avec un rasoir ou un scalpel. Et à l'instant, je viens de trouver…

Monsieur Personne s'immobilisa sur le trottoir, sortit le mouchoir de sa poche et le déplia précautionneusement. Je vis apparaître une aiguille rouillée :

– Une aiguille à coudre ?

– Une aiguille à suturer.

Je n'osai pas demander à mon père quelle était la différence, de peur de me faire traiter une fois de plus de bougre d'âne.

Mon père rempocha son mouchoir et, tout en me donnant de petits coups sur la poitrine du bout de sa canne, il martela :

– Je veux l'emploi du temps du docteur Pelletan, heure par heure, jour et nuit. Qui voit-il ? Que fait-il ?

Je haussai (en pensée) les épaules. Je connaissais Pelletan sur le bout des doigts. Il était dévoué corps et âme à son hôpital. Je passai donc le jour suivant à vagabonder dans Paris à la recherche de saltimbanques, de forains, de dresseurs d'animaux auxquels il manquerait un singe savant.

Mes pas me ramenèrent finalement au Palais-Royal sur les traces de Caramel. J'avais répondu un peu vite à Gaby que mon père n'avait jamais aimé que ma mère. Que savais-je de ses sentiments ? Avec mon père, je n'étais jamais sûr de rien… Dans mon désœuvrement, je me mis à lire une grande affiche qui annonçait un spectacle en lettres noires sur fond rouge :

VENEZ VOIR
L'incomparable Maître
de la sorcellerie moderne
L'inimitable
WIZZARD !

J'avais déjà entendu parler de ce magicien. On disait qu'il s'enfonçait un clou dans l'œil et qu'il sciait une femme en deux. Soudain, sur le programme de l'affiche, j'aperçus ces mots qui me firent m'exclamer de surprise :

– Nom d'unch ! « Monsieur Jones, le singe prodige » !

On voyait même le dessin d'un singe en veste rouge à épaulettes dorées qui avait l'air de saluer le public. Le spectacle de magie était prévu pour huit heures au 163 de la galerie Valois.

À sept heures et demie, je me mêlai aux dizaines de personnes qui patientaient sous les arcades, des messieurs élégants, des couples de bons bourgeois, quelques enfants sages. Je distinguai enfin ma victime, un gros homme qui s'éventait avec son billet.

Dans le monde des voleurs où l'on me connaît sous le nom de Pégriot*, j'ai une spécialité à laquelle je m'entraîne régulièrement, je suis tireur de blavins**.

J'attendis que le gros homme rempoche son billet et, me collant à lui dans la file d'attente, je glissai deux doigts dans sa poche pour en extirper le billet.

– Mesdames et messieurs! cria l'aboyeur du théâtre, le spectacle va bientôt commencer! Veuillez monter jusqu'à la salle du premier étage en me donnant votre billet d'entrée au passage, merci!

Je jouai des coudes pour passer dans les premiers, mais j'eus tout de même le temps d'entendre la femme du gros monsieur qui le houspillait:

– Mais enfin, cherche dans ta poche de gilet! Est-on bête à ce point!

Je n'avais encore jamais assisté à un spectacle de magie, ni d'ailleurs à aucun spectacle. Je m'assis avec volupté au fond d'un fauteuil de velours rouge.

* Voleur minable
** Voleur de mouchoirs

– Vous allez voir, me chuchota mon voisin de droite, il est formidable, ce Wizzard ! Je suis déjà venu trois fois.

Mon voisin de gauche, avant de s'asseoir près de moi, me jeta un regard dédaigneux. Je compris que mes vêtements poussiéreux ne lui plaisaient pas et je me hâtai de dissimuler sous mes manches mes mains crasseuses.

Il y eut alors un petit bruit de sonnette, puis le rideau rouge se leva en même temps que montait de la salle un « Ah ! » de contentement. J'eus l'impression de me retrouver dans le salon de mes tantes à Tours : deux guéridons en bois doré, une table de style Louis XV et, au fond, un décor peint figurant un jardin. J'étais un peu déçu, je m'étais attendu à la caverne d'Ali-Baba.

Le magicien qui entra sur scène était vêtu d'un frac noir et d'un gilet blanc comme un garçon de restaurant.

Il s'inclina puis, d'une belle voix grave, un peu rentrée, il se mit à réciter :

– Combien j'aime à voir, chaque soir, par la foule amie, ma salle envahie et remplie à ne pas s'y mouvoir. Pour mériter longtemps une faveur si chère, comptez sur mes efforts et sur mon savoir-faire !

Tout en disant ces vers, il fit passer une balle entre ses doigts, elle disparut, reparut dans sa poche, changea de couleur… Enfin, elle se métamorphosa en une rose qu'il fit porter par son servant à une jeune demoiselle rougissante au premier rang. On applaudit aimablement.

– Mesdames, messieurs, à l'impossible nul n'est tenu, mais je veux vous prouver ce soir qu'impossible n'est pas français.

Pendant que le magicien disait son boniment, son servant apporta sur scène un grand carton à dessin sur lequel était écrit en lettres d'or :

CARTON MAGIQUE DE MAÎTRE WIZZARD

Le magicien l'ouvrit pour nous montrer qu'il était vide, puis il le posa sur des tréteaux.

– Mesdames, messieurs, ce carton à dessin, qui est sous vos yeux, ne devrait pas exister, puisque, contrairement aux lois naturelles, son contenu est plus grand que le contenant. Voyez vous-même…

Entrebâillant le carton, il en sortit deux chapeaux fleuris absolument pas froissés, quatre tourterelles vivantes qui s'envolèrent jusqu'à leur perchoir, une cage avec des canaris, puis trois énormes casseroles en cuivre, la première remplie de haricots fumants, la deuxième d'eau bouillante, et la troisième était en feu ! Chaque nouvelle apparition était saluée de rires étonnés.

– Et vous allez voir, me souffla mon voisin, très excité, il va sortir le singe !

Mais ce fut une tête d'enfant qui jaillit du carton, suivie du corps d'un petit garçon que le magicien prit à son cou. Tous deux saluèrent l'assistance.

– Mais maintenant, m'assura mon voisin, vous allez voir le singe qui flotte dans les airs. C'est incroyable !

Tandis qu'un pianiste jouait un petit air entraînant, le servant installa sur scène un banc sur lequel il posa deux tabourets. Maître Wizzard sortit de la coulisse, tenant d'une main le petit garçon et de l'autre un flacon :

– Mesdames, messieurs, c'est en 1540 que Valerius Cordus découvrit une liqueur aux propriétés étranges en mélangeant du vitriol à de l'esprit-de-vin...

Le magicien discourut un moment en gardant un ton de professeur en Sorbonne, mais je ne l'écoutais plus, cherchant dans ma mémoire où et quand j'avais déjà entendu parler de l'esprit-de-vin. Ah mais oui, c'était dans ce liquide qu'était conservé le cœur de Louis XVII !

– Mesdames, messieurs, lorsqu'on fait respirer à un être vivant cette liqueur merveilleuse au nom d'éther éthylique, il devient aussi léger qu'un ballon.

Maître Wizzard plaça le petit garçon qu'il appelait Ernest, et qu'il prétendait être son propre fils, en équilibre sur deux cannes appuyées sur les deux tabourets, eux-mêmes posés sur le banc. Il déboucha le flacon, et une odeur que je n'avais jamais respirée se répandit dans la salle. Il passa le flacon sous le nez de l'enfant, dont les yeux papillotèrent. Il s'endormit brusquement en laissant tomber la tête sur sa poitrine. Alors, le magicien enleva un tabouret et une canne, et mit Ernest à l'horizontale, les pieds dans le vide, la tête reposant sur l'autre canne. Il flottait ainsi dans les airs, paisiblement endormi.

Quelques dames geignirent d'angoisse devant ce spectacle, surtout lorsque le magicien ôta un des deux pieds du banc pour prouver à quel point l'enfant ne pesait rien.

Les applaudissements éclatèrent, je m'étais moi-même levé dans un transport d'enthousiasme tandis que mon voisin bougonnait :

– C'est plus amusant avec le singe…

Une fois le spectacle terminé, j'étais sûr d'une chose : je voulais être magicien, scier une jolie fille en deux et sortir une poêle de haricots fumants d'un carton à dessin ! Je n'avais jamais rien vu d'aussi excitant, merveilleux, incompréhensible, extraordinaire. Ce Wizzard était plus fort que mon père !

Mes pieds touchaient à peine terre tandis que je rentrais chez moi, je fredonnais encore les ritournelles que jouait le pianiste entre chaque tour de magie. Puis, au détour d'une rue, la phrase de mon voisin me revint en mémoire : « C'est plus amusant avec le singe. » Pourquoi le singe savant n'avait-il pas fait partie du spectacle comme annoncé sur l'affiche ? Était-ce « Monsieur Jones, le singe prodige » que j'avais vu, étendu sur la table de dissection ? Pourquoi Wizzard utilisait-il une liqueur où il y avait de l'esprit-de-vin ? Toute ma joie retomba jusqu'à me faire des pieds de plomb. Et soudain, alors que je venais de grimper les quelques marches qui mènent à la rue Cloche-Perce, j'aperçus dans la pénombre les deux yeux luisants d'un chien errant.

Je n'ai jamais eu peur des chiens, mais je ne m'étais jamais soucié d'eux non plus. Qu'ils vivent, qu'ils crèvent, peu m'importait. Il me sembla pourtant à cet instant que j'étais en face d'un proche parent, un vagabond n'ayant que sa peau pour tout bien. Je m'accroupis, sifflai et claquai de la langue pour l'attirer vers moi. C'était un jeune roquet à tête noire. Il commença par courber l'échine et rabattre ses oreilles en signe de soumission, puis il rampa jusqu'à ma main tendue. Il la renifla, la lécha, et se laissa caresser.

– Alors, fiston, pas encore à la maison à cette heure-ci ?

Fiston me regarda droit dans les yeux et, comprenant que je n'avais rien à lui donner que mon amitié, il me glissa sous les doigts et disparut dans la nuit.

Je ne fais pas de sentiment avec les bêtes, d'ailleurs je n'en fais pas non plus avec les gens, comme disait Noé dans son arche en refusant du monde à l'entrée. Mais en traversant la cour du Lapin Volant, je marmonnai cette drôle de prière : « Bon Dieu, si tu existes, fais qu'il n'arrive rien à Fiston cette nuit. »

5
Est-ce que je vaux mieux que Zina ? – Vaut-il mieux être Gaby que Caramel ? – Est-ce mieux d'être magicien que policier ?

Après avoir vu tant de prodiges dans la même soirée, plus rien n'aurait dû m'étonner. Pourtant, je poussai un cri de surprise quand j'entrai dans ma chambre. Une forme rouge et noire avait surgi de derrière mon armoire de déguisements.

Je me baissai pour récupérer le poignard lacé contre mon mollet.

– Attends, n'aie pas peur ! s'écria la bohémienne.

– C'est plutôt toi qui devrais avoir peur de moi, voleuse, empoisonneuse !

D'un même mouvement, la fille cambra les reins et rejeta en arrière les lourdes boucles noires de sa chevelure :

– Je suis cigaine*. Est-ce que tu vaux mieux que moi ?

Je me revis en train de voler le billet d'entrée dans la poche du bourgeois et je me mis à rire. La fille joignit son rire au mien et me montra mon armoire de déguisements :

– Tu es voleur ou policier ?

– Moitié-moitié.

Ma colère était retombée. Elle s'assit au bord du lit, et moi aussi.

– Écoute, me dit-elle, j'ai volé ce cœur d'enfant parce qu'on m'a promis de l'argent.

– Qui ça ?

Elle fit le signe de la croix, puis répondit très vite :

– Je ne le connais pas. Il porte un masque. Il est très grand. Il mange les cœurs. C'est le benk.

– Le benk ?

De ses index dressés, la cigaine se fit des cornes de diable.

– Je ne veux plus lui obéir. Mais il a d'autres serviteurs, aussi mauvais que lui. Il y a celui qui lui apporte des chiens.

– Qui est-ce ?

* tsigane

– Il se fait passer pour aveugle.

– Dis-moi son nom.

– Orson.

– Il est cigain, lui aussi ?

– Oui, et c'est un dresseur d'ours. Les animaux, il les connaît.

– Où est-ce que je peux le trouver ?

La fille se signa de nouveau :

– Chez le benk.

– Et où il est, ton benk ?

– En enfer.

Elle se leva, jugeant m'en avoir assez dit. Je la saisis par le poignet :

– Comment t'appelles-tu ?

– Zina.

– Où est-ce que je peux te trouver ?

– Nulle part. Je reprends la route avec les miens.

Nous nous regardâmes au fond des yeux.

– Laisse-moi partir. Je suis voleuse, c'est vrai, mais je ne veux pas faire le Mal. Je t'ai prévenu. Maintenant, tu sais qui est ton Ennemi.

Je relâchai son poignet.

– Que sainte Rita te protège, me souffla-t-elle à l'oreille.

Une fois sur mon seuil, elle se retourna :

– Méfie-toi d'une fille du Palais-Royal. Elle s'appelle Caramel.

– Hein ? Pourquoi ?

Mais Zina s'enfuit, rouge et noire dans la nuit.

Cette visite nocturne me laissa abasourdi. Le benk, Orson, Caramel… Et qu'est-ce que mon père venait faire dans tout cela ? La seule personne à qui je pouvais en parler, c'était Gaby.

– Ah, tu vois, triompha-t-elle, je savais que cette Caramel était mauvaise !

– Tu ne savais rien du tout, tu étais jalouse, ricanai-je. Ce qu'il faudrait à présent, c'est prendre des renseignements sur elle.

– C'est fait… De son vrai nom, elle s'appelle Alberte Brunet, elle a l'accent du Midi. Elle a d'abord été une fille à ouvriers. Puis elle a fait la connaissance du vieux marquis Victor de Montval, qui l'a sortie de sa misère et qui l'a installée au 161 de la galerie Valois.

– Nom d'unch ! Le 161, c'est à côté du théâtre du magicien !

Oh, comme c'était étrange, étrange et menaçant…

– Il faut mettre ton père en garde. Il voit cette fille tous les jeudis après-midi. Il faut lui dire qu'elle est dangereuse.

– Mais il le sait sûrement. C'est une moucharde, cette Caramel. D'un côté, elle est au service du benk, et de l'autre, elle donne des renseignements à mon père. C'est le métier, Gaby.

Elle soupira et, soudain, comme si elle prenait une décision, elle ôta sa casquette. Ses fins cheveux tombèrent en pluie dans son cou et le long de ses joues.

– Tu les laisses pousser ? m'étonnai-je.

– Et je me suis privée de pain pour acheter une robe et des bas de soie.

– À quoi cela va te servir ?

– À me faire belle. Pour moi toute seule, devant le miroir de ma chambre.

Ses yeux s'emplirent de larmes.

– Je pourrais avoir des souliers, des rubans comme cette Caramel…

– … si tu faisais le même métier qu'elle. C'est ce que tu veux, Gaby ?

Une larme roula sur sa joue sans qu'elle me répondît.

Mon père parut content de me voir quand je passai en fin de matinée dans son bureau de la galerie Véro-Dodat.

– Eh bien, qu'as-tu appris sur le docteur Pelletan ?

– Rien. Mais je sais qui est le propriétaire du singe savant.

Je lui racontai ma soirée au théâtre du Palais-Royal et je conclus :

– Pourquoi Wizzard a-t-il remplacé le singe par un enfant ? Parce que Monsieur Jones est mort.

Mon père m'approuva d'un signe de tête. La langue me démangeait de lui parler aussi de Caramel. Mais je me demandais comment il prendrait mon indiscrétion.

J'allais tout de même m'y décider lorsque je reconnus les deux coups légers frappés à la porte. C'était Frédo, l'oiseau de mauvais augure, qui annonça :

– Chef, un autre cabe refroidi !

Il en riait, l'abruti. Moi, je m'étais levé d'un bond en pensant : Fiston ! Mais pourquoi le benk l'aurait-il choisi, lui, parmi les milliers de chiens errant dans Paris ? Frédo avait fait porter le cadavre à la morgue.

– C'est juste qu'un chien. Pourquoi c'est-ti qu'on s'occupe de chiens ? voulut-il savoir.

– Parce que quelqu'un qui tue des chiens peut un jour trouver amusant de tuer des gens, lui répondit posément monsieur Personne.

Puis il se tourna vers moi :

– Vous pouvez vous dispenser de m'accompagner, lieutenant.

Il pensait m'être agréable, mais je refusai d'un hochement de tête. Je voulais voir, je voulais savoir. Cependant, les lectrices qui ne souhaitent pas retourner à la morgue peuvent se dispenser de lire le paragraphe suivant.

*
* *

– Vous allez être contents, nous dit le morgueur. Il est frais du jour.

Le chien se détachait, blanc sale sur le marbre noir. Oui, il ressemblait à Fiston. C'était un bâtard à tête noire et aux pattes crottées. Je vis alors mon père sortir de sa poche son lingriot*.

– Il a déjà été ouvert, m'expliqua-t-il en désignant le chien de la pointe du couteau, il a été ouvert et recousu.

Il fit sauter quelques fils puis, penché au-dessus du cadavre, il se mit à renifler comme quelqu'un qui cherche à identifier une odeur.

* canif

– Jamais senti ça, marmonna-t-il.

Il plongea la main dans la bête et en retira un chiffon maculé de sang.

– L'odeur vient de là, dit-il en me tendant la guenille.

Je ne pus faire autrement que de m'avancer et de renifler à mon tour.

– Papa, c'est l'odeur du théâtre !

C'était cette liqueur qui rend léger comme un ballon, l'éther éthylo… je ne trouvais plus le mot. Mon père m'attrapa brusquement par le bras et me chuchota :

– Évite de m'appeler papa en public.

Il me repoussa tout aussi brusquement :

– Lieutenant, vous surveillerez ce monsieur Wizzard.

Je n'avais pas envie de soupçonner le magicien d'être le benk. Mais il avait tous les défauts du diable : il était élégant, spirituel et mystérieux.

*
* *

Les jours suivants, nous prîmes nos renseignements, Gaby et moi. Le magicien avait bien signalé au commissaire Jacquot la disparition de Monsieur

Jones. Le singe avait été mal attaché après un spectacle et il s'était sauvé. Par ailleurs, j'appris que l'inimitable Wizzard s'appelait Jean-Eustache Bertin, qu'il était marié et père de deux enfants, dont le petit Ernest qui remplaçait désormais le singe savant. Toute la famille Bertin vivait au-dessus du théâtre, au 163 de la galerie Valois, qui, comme le 161, appartenait au marquis Victor de Montval. Rien de diabolique dans tout cela.

Mais puisque mon chef m'avait recommandé de surveiller le magicien, j'allai deux soirs de suite au spectacle. Mon père avait beau me dire que la scène était truquée, que tout n'était que trappes et doubles fonds, je ne m'expliquais toujours pas comment une jeune fille, enfermée dans un cercueil d'où dépassaient sa tête et ses pieds, pouvait se laisser scier en souriant.

Le troisième soir, alors que j'étais déjà installé dans mon fauteuil de velours, j'eus la surprise de voir entrer, avec accompagnement de bruit de bottes et de sabres, une escouade de militaires. Ils encadraient une dame au teint rougeaud dont j'appris, grâce aux chuchotements de l'assistance, qu'il s'agissait de madame Adélaïde, la sœur du roi. Je la regardai avec la curiosité qu'on peut avoir pour les gens qui ont traversé de grands malheurs. Son père avait été guillotiné, deux de ses frères, prisonniers pendant la Révolution, étaient morts de maladie, elle-même avait vécu toute sa jeunesse dans l'exil et la pauvreté. Je savais qu'elle était restée célibataire, mais qu'elle adorait ses huit neveux et nièces. On la disait plus intelligente que tout le conseil des ministres, mais elle était gracieuse comme un soldat de Napoléon à qui on aurait passé une robe.

Madame Adélaïde fut accueillie par le propriétaire du théâtre, un grand bonhomme sec et agité, qui s'empressa de la conduire au premier rang en bégayant d'émotion :

– C'est un no… un no… un honneur !

L'inimitable Wizzard se surpassa ce soir-là. Il ajouta même à son programme un numéro que je n'avais encore jamais vu. Il ligota les pieds et les mains de son fils Ernest, puis le plaça sous un énorme gobelet noir. Après avoir prononcé quelques formules magiques, il tira en l'air un coup de pistolet qui mit sur le qui-vive tous les militaires. Le gobelet se renversa, l'enfant n'était plus là.

– Ohé ! fit une voix.

Je me retournai. Le petit Ernest était au fond de la salle. Mon père avait beau dire, il n'y avait à ce prodige aucune explication. Le tour s'appelait : l'enfant transporté.

– Mais si, tout s'explique, grommela monsieur Personne, que mon enthousiasme agaçait. Quand j'avais ton âge, un illusionniste, un certain Horace Comte, se produisit dans un petit théâtre de ma ville d'Arras. Je volai quelques sous dans le tiroir-caisse de mon père pour m'offrir une place. Un tour, surtout, me parut à la fois effrayant et merveilleux, le tour de l'oiseau mort et ressuscité. Comte posait sur une table un joli petit canari dans sa cage, puis il le recouvrait d'un voile noir, il faisait quelques passes en murmurant des formules magiques, et soudain, des deux mains, il aplatissait le voile qui dissimulait la cage. Vlan !

Mon père abattit brutalement les deux poings sur son bureau comme il aimait le faire de temps en temps.

– Le magicien enlevait ensuite le voile : il n'y avait plus rien sur la table. Ni cage ni oiseau. Quelques secondes plus tard, la fleur que Comte tenait à la main se transformait en canari. Le canari mort était ressuscité.

Mon père me regarda comme si l'anecdote était terminée.

– Et ?

Il rit :

– Et j'eus envie d'en savoir un peu plus. Je parvins un soir à me faufiler dans la coulisse tandis que le spectacle se poursuivait sur scène. Sais-tu ce que je vis ? Jeté dans un coin sombre, il y avait un canari écrabouillé entre les grilles d'une cage aplatie. Cela m'a dégoûté de la magie.

6
Tellier est promis à la guillotine et Fiston à la pendaison. – Je suis promis à un bel avenir dans la librairie.

La brigade de Sûreté eut fort à faire durant tout le mois de février avec une bande de pickpockets à laquelle je m'étais associé pour les prendre sur le fait. Il y eut quinze arrestations. Grâce à Gaby, qui surveillait toujours l'hôtel rue du Roi-de-Sicile, nous arrêtâmes aussi Tellier, le faux-monnayeur. Pauvre gars ! Il serait sans doute guillotiné. Frédo nous signala encore quelques meurtres de chiens jusqu'à ce que monsieur Personne, un jour de mars, m'indique une piste :

– Il y a un endroit où on peut se procurer des chiens errants...

– La fourrière ! m'exclamai-je, étonné de ne pas y avoir pensé.

La fourrière se trouvait rue de Pontoise. De l'extérieur, avec son porche monumental et son entrée pavée, elle ressemblait à une caserne. Devant la loge du concierge, un pinson, auquel on avait crevé les yeux, chantait à qui mieux mieux.

– Monsieur Joseph ? demandai-je.

C'était le nom d'un ancien prisonnier de Bicêtre à qui monsieur Personne avait trouvé une place de gardien à la fourrière.

– Il donne la pâtée aux bêtes, me répondit le concierge.

Les jappements me guidèrent jusqu'au chenil, qui s'étirait des deux côtés d'une allée. Dans chaque cage grillagée, il y avait un chien, chien de race tout surpris d'être là ou pauvre corniaud habitué à la méchanceté humaine. Quelques chiots se jetèrent gaiement contre le grillage à mon passage, quémandant une caresse ou bien la liberté.

– Monsieur Joseph ?

Un solide gaillard à grosses moustaches me fit face, l'air renfrogné.

– Je viens de la part de monsieur Personne.

– Présent, fit le gaillard avec un salut militaire.

Mon père avait ainsi, un peu partout dans Paris, des hommes prêts à tout pour lui. Mais les chiens aboyaient de rage à la vue du seau où leur nourriture attendait.

– Donnez-leur à manger, dis-je. Nous parlerons après.

Tandis que monsieur Joseph terminait sa tournée, je parcourus l'allée jusqu'au bout. J'eus une petite émotion devant une des cages où un roquet reposait sa fine tête noire sur ses pattes avant.

– Fiston ?

Ses oreilles frémirent. Était-ce lui ? Si ce n'était pas lui, c'était son frère…

– C'est un jeune, fit la voix de monsieur Joseph dans mon dos. Il aura pas vu grand-chose de la vie.

– Qu'est-ce qui va lui arriver ?

– C'est son jour d'être pendu.

– Pendu !

J'avais eu un recul d'horreur.

– C'est pas moi qui fais le règlement, mon petit monsieur, se justifia Joseph. On garde les chiens trois jours, et si on vient pas nous les réclamer, on les pend, tenez, à cette poutre où y a des crochets !

Je me souvins alors de ma mission :

– Est-ce qu'il n'y a pas quelqu'un qui est venu réclamer un chien… plusieurs chiens ces derniers temps ?

– C'est Personne qui veut savoir ça ? Hum…

Je compris que monsieur Joseph hésitait à m'avouer quelque chose.

– Peut-être j'aurais pas dû… Mais c'étaient des chiens sans collier.

Il avait sans doute reçu un peu d'argent en échange.

– Vous avez bien fait, le rassurai-je. Après tout, ces chiens allaient être pendus.

Leur destinée n'avait pas été meilleure, mais je n'en dis rien à Joseph. Je voulais l'encourager à parler :

– À quoi ressemblait ce monsieur ?

– C'était pas un monsieur. Plutôt un sauvage.

– Un bohémien ?

Le gardien acquiesça.

– Il ne vous a pas dit son nom ?

– C'est pas un bavard.

– Quand est-il venu pour la dernière fois ?

– Y a bien dix jours de ça.

– Il vous a pris des chiens ?

– Deux. Il dit qu'il les dresse et qu'il les revend comme chiens savants.

Tout en parlant, Joseph regardait autour de lui comme s'il avait peur de voir surgir le « sauvage ».

– S'il revenait, dis-je, vous pourriez essayer d'en savoir un peu plus long sur lui ?

Nous étions à présent sous l'auvent où avaient lieu les pendaisons. Je levai la tête vers les gros crochets rouillés et j'imaginai Fiston, pendant tout flasque au bout de la corde. Je l'ai dit, je ne fais pas de sentiment avec les bêtes. Mais tout de même, c'était Fiston.

– Et pour le jeune roquet… Je crois bien que je connais son proprio. En tout cas, le patron du Lapin Volant a perdu un chien dans ce genre. Ça lui ferait plaisir si…

– Oh, prenez-le, prenez-le ! s'empressa Joseph. Je vous donne même la laisse et le collier.

Il sortit le chien de la cage par la peau du cou et le coinça entre ses genoux pour lui passer le collier. Fiston couinait de frayeur.

– Tenez-le ferme. Il est à vous, me dit Joseph, la mine satisfaite, en me tendant la laisse.

Dès qu'il changea de main, Fiston se débattit en aboyant.

– Bottez-y le cul, me conseilla Joseph qui, voyant que je n'osais pas, joignit le geste à la parole.

Fiston s'aplatit en gémissant, et j'eus la certitude à cet instant que je n'avais pas fait une bonne acquisition.

Tandis que je tirais sur la laisse pour remettre Fiston debout, Joseph se pencha vers moi et me chuchota précipitamment :

– Il s'appelle Orson. Il vit avec sa tribu après la barrière Saint-Denis. Mais faites-y attention, on dit qu'il s'est vendu au diable.

– Merci du renseignement, répondis-je, plus préoccupé par mon roquet que par les âmes damnées. Mais debout, crétin, je viens de te sauver la vie !

Quand j'arrivai avec Fiston dans la cour du Lapin Volant, tantôt tiré, tantôt tirant, je m'aperçus que Jean Saint-Just attendait devant ma porte. Ceux qui ont lu le premier tome de mes mémoires savent que c'est un marin ivrogne et brutal, aux cheveux d'un roux flamboyant, la face barrée d'une horrible cicatrice. Ils savent aussi que c'est mon père.

– Alors, c'est toi qui ouvres le ventre des chiens ? me demanda-t-il en désignant mon roquet.

– Je l'ai trouvé à la fourrière, il m'a tout de suite plu, répondis-je en jetant un regard de haine sur Fiston. Et il y a bien quelqu'un qui vient chercher des chiens dans ce chenil. C'est le faux aveugle. Il s'appelle Orson.

Tandis que je donnais ces explications à mon chef, mon roquet ne cessait de japper et de sauter en l'air.

– Mais fais-le tenir tranquille, m'ordonna mon père.

– Je veux bien. C'est lui qui ne veut pas.

Monsieur Personne m'arracha la laisse, en flanqua un coup sur le museau de mon chien et rugit :

– Suffit !

Fiston émit quelques glapissements, laboura le sol de ses pattes avant, essaya encore un ou deux sautillements.

– Suffit !

Il s'immobilisa, le museau levé vers mon père, comme un agent de la brigade qui attend ses ordres.

– Comment veux-tu l'appeler ?

– Fiston, répondis-je à contrecœur.

– Bon chien, Fiston, fit mon père en lui frictionnant la tête.

– Mais ce n'est pas juste ! m'emportai-je. C'est moi qui lui ai sauvé la vie et c'est à vous qu'il obéit.

– Un chien fou n'obéit pas à un autre chien fou.

C'était vexant, mais mon père me sourit gentiment :

– Celui-là, je vais peut-être arriver à le dresser. Allons, lieutenant, ne faites pas la tête et trouvez-moi Orson !

Je connaissais près de la porte Saint-Denis un café où les agents de la Sûreté étaient bien accueillis. Je m'y rendis un jour de mars, grimé en Pégriot. Ce déguisement faisait de moi un petit voleur sale et teigneux, dont la réputation allait grandissant. J'étais un des rares pickpockets à ne pas avoir été arrêté par monsieur Personne.

– Qu'est-ce qu'il veut ? me demanda maman Louise, la patronne du café.

– Du vin, maman Louise, et un renseignement.

– Dis toujours.

– Je cherche un bohémien. Orson.

Maman Louise donna un coup de torchon sur ma table pour prendre le temps de la réflexion.

– Je t'envoie quelqu'un.

J'étais en train de porter mon verre à mes lèvres quand un petit homme, presque un nain, s'approcha de moi :

– Pégriot ?

Je reconnus Claque-Sous, un grinche d'assez sinistre réputation. C'était lui que maman Louise m'envoyait pour me guider cette nuit jusqu'au camp des bohémiens.

– T'as pas été arrêté par Personne, hein ? me fit-il.

– Comme tu vois. Je suis un malin, moi.

– T'as coqué les fanandes*, hein ?

– Tu sais, si on veut être bien vu des cognes, de temps en temps, il faut dénoncer les collègues.

Claque-Sous se mit à ricaner comme s'il m'approuvait.

Nous vidâmes la bouteille avant de partir, mais comme il avait bu presque tout à lui seul, Claque-Sous zigzagua vers la sortie. La fraîcheur du dehors le remit vite d'aplomb. Nous traversâmes le faubourg Saint-Denis à la tombée du jour, Claque-Sous trottinant à mes côtés de toute la vitesse de ses courtes jambes. Il parla tout le long du chemin, et toujours en argot. Il remarqua que la sorgue (la nuit) était tombée, et qu'il valait mieux avoir son surin (son couteau) quand on allait chez le rabouin (le diable). On aurait dit qu'il cherchait à m'effrayer.

Enfin, il me fit escalader un talus herbeux et, de là, je vis le campement des bohémiens.

Trois feux brillaient, autour desquels s'assemblaient bêtes et gens. Je m'aplatis dans l'herbe en pre-

* Tu as dénoncé les camarades ?

nant bien garde au sens du vent, car il y avait des chiens et même un ours, enchaîné à une roulotte. Claque-Sous était resté debout et, malgré sa petite taille, il risquait de nous faire repérer.

– Baisse-toi ! lui ordonnai-je.

Il s'accroupit derrière moi. Je me soulevai sur les avant-bras pour profiter du spectacle. C'était tout à la fois inquiétant et magique. Il y avait plusieurs chariots et roulottes dont les chevaux étaient dételés. Je distinguai des formes humaines entassées sous des abris faits de branches d'arbre et recouverts de peaux de mouton. Plus près de moi, trois pieux fichés en terre et liés par le haut soutenaient une marmite au bout de sa chaîne. Une enfant presque nue attisait le feu sous le chaudron tandis qu'une espèce de sorcière y remuait la soupe avec une cuillère en bois.

Soudain, un chant bizarre s'éleva vers la nuit étoilée et une forme rouge et noire jaillit d'un des abris. C'était Zina, foulant le sol de ses pieds nus. Au son du tambourin, elle se mit à danser comme la sauvage qu'elle était, ondulant de la croupe et tournoyant à m'en donner mal au cœur, puis balayant le sol de sa chevelure ou bien remontant sa jupe à mi-cuisse. Elle poursuivit longtemps sa danse provocante, mais je ne m'étendrai pas sur ce sujet, comme disait le curé à qui la future mariée demandait en quoi consistait le devoir conjugal.

Un autre spectacle avait attiré mon attention : un homme était sorti de la roulotte à laquelle l'ours était enchaîné.

– C'est Orson ? demandai-je.

Le bohémien avait de la compagnie, et je crus reconnaître la femme qui avait quitté la roulotte après lui.

– C'est Orson ? répétai-je en tournant la tête vers Claque-Sous.

Et là, je vis ce qui allait m'arriver si je ne réagissais pas dans l'instant. Claque-Sous, qui s'était redressé, s'apprêtait à m'enfoncer son poignard dans le dos. Ma pratique de la savate vint à mon secours. Prenant les jambes de mon adversaire en étau entre les miennes, je lui fis perdre l'équilibre. Puis, d'un bond, je me redressai et détalai dans la nuit.

*
* *

– C'était bien joué, admit monsieur Personne quand je lui eus fait mon rapport. Claque-Sous t'assassinait et il laissait les bohémiens s'arranger avec ton cadavre.

Il s'efforçait de parler sur un ton détaché, mais ses narines palpitaient de colère.

– Je ne comprends pas ce qui lui a pris, dis-je. Un pégriot n'a pas d'argent sur lui.

– Mais réfléchis, bougre d'âne ! Ce n'est pas pour ton argent qu'il voulait te tuer. Est-ce qu'il ne t'a pas demandé si tu avais dénoncé des camarades ?

– Si. Mais qu'est-ce que cela pouvait lui faire ? On sait bien que tous les grinches en font autant.

– Parmi les pickpockets que nous avons arrêtés, il y avait une voleuse. La belle Adèle. C'est la maîtresse de Claque-Sous.

Cette fois-ci, j'avais compris. Claque-Sous avait voulu venger la belle Adèle.

– Il y a autre chose que tu dois comprendre, me dit mon père. C'est que tu es mouillé. Tu ne peux plus vivre sous le nom de Pégriot. Pégriot est mort cette nuit.

Je regardai mon père, effaré. Le Pégriot, c'était la moitié de ma vie, il traînait dans les rues, les cafés, il connaissait tous les grinches de Paris ! Sans lui, qu'allais-je devenir ?

– Tu vas devenir Rodolphe Lequeu.

Mon chef me tendit mon nouveau passeport.

– Commis chez le libraire de la galerie Véro-Dodat.

Je fis la grimace. Je détestais jusqu'à l'odeur des livres.

– Et tu habiteras…

Mon père me montra le plafond.

– Au-dessus ?

Je secouai la tête sans même trouver les mots pour me révolter. Mon père profitait de la situation pour me loger près de lui. Il voulait me dresser comme il avait déjà dressé Fiston, qui dormait à ses pieds.

– Rodolphe Lequeu ! soupirai-je, accablé. Commis de librairie !

7
Petites complications sentimentales. – Je vois le roi pour la première fois, et cela pourrait être la dernière.

Quand j'étais arrivé à Paris, petit orphelin mourant de faim, la galerie Véro-Dodat, avec son éclairage au gaz, ses boutiques dorées et son pavage de marbre, m'avait fait l'effet d'un palais des Mille et Une Nuits. À présent, je voyais bien que ce n'était qu'un lieu de passage triste, sale, venteux, aux vitrines tapageuses.

Mon petit logement donnait sur la galerie elle-même, et il n'y entrait qu'un jour pauvre et un air irrespirable. Par chance, j'avais pu y faire tenir mon armoire de déguisements. Si le Pégriot était mort, Tortillard était toujours vivant. Ceux qui ont lu le deuxième tome de mes mémoires savent que Tortillard était un petit infirme de mon invention, crasseux et croûteux, se balançant sur ses béquilles. Pour parvenir à cet intéressant résultat, je me graissais la peau et les cheveux avec une pommade noirâtre et je m'appliquais quelques croûtes autour de la bouche grâce à un mélange bien collant de café et de gomme arabique. Ma petite taille accentuée par mon infirmité me faisait passer pour un mendiant d'une douzaine d'années.

Quand je souhaitais me plaindre de l'injustice de mon père, je savais où trouver une oreille attentive. Gaby logeait depuis peu rue du Roi-de-Sicile dans la chambre qu'avait occupée Tellier, le pauvre gars qui venait d'être condamné à la guillotine.

– Tiens, Rodolphe Lequeu ! se moqua Gaby en découvrant Tortillard sur son palier.

– Tu ne me verras pas souvent en commis de librairie, grommelai-je en me décrochant de mes béquilles.

– Tu veux… tu veux entrer ?

Je compris la raison de son hésitation quand j'aperçus, étalée sur le lit, une jolie robe blanche semée de fleurs printanières.

– Oh, je ne serai plus jamais Moïra de Feuillère, je le sais bien, fit-elle, la voix plaintive. Quand je mets ma robe, je vois « agent de la Sûreté » écrit sur ma figure.

– Tu es sotte ! Si un forçat peut se faire passer pour Louis XVII, pourquoi tu ne serais pas une comtesse ?

Gaby disparut avec sa robe derrière un paravent et revint bientôt se faire admirer, les pieds nus et les cheveux lui tombant dans le cou.

– Attends, dit-elle, j'ai aussi...

De son armoire, elle sortit les bas de soie et les escarpins qu'elle avait achetés en se privant de manger. Pour achever sa toilette, elle remonta ses cheveux en chignon avec quelques épingles.

– Regarde, mais regarde-moi ! me dit-elle en désignant son reflet dans la psyché. On voit bien que je suis une pauvresse déguisée !

– Gaby, je ne connais qu'une jeune fille qui soit plus belle que toi, et c'est Léonie... Léonie ! hurlai-je en attrapant mes béquilles.

C'était lundi et j'étais en train de rater notre seul rendez-vous de la semaine.

– Gaby, Gaby, tu es plus belle que Caramel, et toi, au moins, tu ne trahis pas monsieur Personne, débitai-je à toute vitesse. Parce qu'elle, je l'ai vue dans le campement des bohémiens. Elle sortait de la roulotte d'Orson, le voleur de chiens ! Adieu, Gaby !

L'inconvénient d'être Tortillard, c'était que je ne pouvais avancer qu'en béquillant. Aussi, pour une fois, je mis les béquilles sur mon épaule et filai comme le vent.

Léonie m'attendait près du Gladiateur mourant.

– Eh bien, monsieur de Lange, vous n'étiez pas pressé de me voir !

– Je suis en mission, mademoiselle.

J'avais pris, comme Léonie, un ton hautain. J'avais déjà remarqué que les excuses ne faisaient que l'exaspérer.

– Vous aurez bientôt pour mission d'arrêter mon père, dit-elle, la voix soudainement changée.

– Que me racontez-vous, Léonie ?

– Je suis certaine qu'il est entré dans un complot, entraîné par Trimbaldière. Ce sont tous ces hommes en noir qui se réunissent chez nous. Ils veulent renverser Louis-Philippe. J'ai surpris une conversation où il était question d'attentat et d'enlèvement. J'ai peur, Malo. Et mon père rêve de me faire épouser ce gros cochon de Louis XVII !

– Mais c'est un forçat ! Il faut que monsieur de Bonnechose apprenne la vérité. Je vais lui parler.

– Non, n'en faites rien. Je ne crains pas Paluchard. Si vous m'en débarrassiez, mon père me trouverait aussitôt un autre prétendant. Quelqu'un de riche, car il est ruiné. Il le cache, mais j'ai découvert la vérité. Ma mère a dû vendre ses bijoux de famille.

Nous ne pouvions continuer à nous parler sur ce ton passionné au vu et au su des passants.

– Donnez-moi votre main, Léonie, je vais faire semblant de vous dire la bonne aventure.

Elle se déganta et me tendit sa paume droite.

– Tranquillisez-vous, demoiselle, vos épreuves seront bientôt finies, prophétisai-je. Il n'y a plus d'obstacle à votre bonheur sur votre ligne de cœur.

– Montrez-la-moi.

Sans réfléchir, je la soulignai du doigt.

– Quoi, cette ligne-là ? se récria Léonie. Mais elle est toute petite.

– Oui, heu, non, non. Pas si petite que cela. Et ce n'est pas grave du moment qu'elle est bien visible.

– Mais elle l'est à peine !

– C'est de la superstition, ma chérie. Je sais que vous m'aimez. Vous pensez toujours à m'apporter des fruits confits.

– Oh, mon Dieu, je les ai oubliés sur ma table de nuit !

– Cela ne fait rien, Léonie. Je déteste les fruits confits.

– Quoi ?

Les promeneurs jetaient au passage des regards surpris sur ce couple dépareillé qui semblait se disputer. Je vis le moment où nous allions nous quitter fâchés.

– Léonie, souvenez-vous du petit garçon qui avait creusé un trou dans le mur avec son couteau pour vous regarder faire de la balançoire…

Son front plissé se dérida.

– Vous m'aviez jeté un caillou, dit-elle, attendrie. Et j'ai crié : «Vous êtes un bandit avec un couteau ! Je vais chercher ma mère.»

Nous éclatâmes de rire, réconciliés.

– Un jour, votre bandit sera riche et il vous emportera dans son château.

Je tenais toujours sa main dans la mienne, mais je résistai à l'envie de l'embrasser. Je sentais bien que, avec ses croûtes sur la figure, Tortillard dégoûtait un peu ma fiancée.

– Adieu, je veille sur vous, ma chérie.

– À lundi prochain.

Elle ajouta en riant :

– Je penserai aux fruits confits.

Le lendemain, mon chef me confia une nouvelle mission :

– Le roi va passer en revue la Garde nationale, c'est une de ses petites manies. Il défilera sur les boulevards avec toute sa clique. Gaby, Frédo et toi, vous vous mêlerez à la foule pour pincer les pickpockets.

À la tranquillité de la voix de mon père, je compris que c'était une mission sans danger. Mais j'ai un talent particulier pour rendre dangereux ce qui ne l'est pas, comme disait le petit garçon qui aimait jongler avec des fourchettes au-dessus du berceau de son petit frère.

Le 28 de ce mois de mars, un jour de printemps clair et gai, les tambours se mirent à battre au cœur de Paris, et la foule endimanchée vint se masser le long des trottoirs. Les gardes nationaux en grande tenue étaient chargés de contenir les badauds tout en criant : «Vive le Roi ! Vive la nation ! »

J'étais ce jour-là dans mon personnage de Tortillard, et prêt à crier n'importe quoi, si l'ambiance y était. Je n'oubliais tout de même pas ma mission, et depuis un moment nous avions l'œil, Gaby et moi, sur un individu en blouse qui dissimulait son visage sous un chapeau. Il rôdait derrière les gens comme à l'affût d'une montre ou d'un mouchoir à voler. Je fus un instant distrait de ma surveillance par un bruit de galop. C'étaient les carabiniers qui ouvraient le défilé. On entendait déjà les hourras et les vivats, et autour de moi, les papas soulevaient leurs enfants à bout de bras :

– Tu le vois ? C'est-ti lui ?

Je n'avais jamais vu Louis-Philippe et, à cause de ma petite taille, j'allais rater son passage. Je me souvins alors d'une histoire que mes tantes adoptives, les demoiselles de Lange, me racontaient quand j'étais petit garçon. L'histoire d'un bonhomme du nom de Zachée qui voulait voir Jésus passer dans la rue au milieu de la foule. Mais il avait le même problème que moi : des grands types, du genre de ces gardes nationaux à shakos, lui bouchaient la vue. Il eut l'idée de grimper dans un sycomore. J'avisai un arbre sur le boulevard, sans doute pas un sycomore, peut-être un platane, j'avoue que je ne suis pas un grand botaniste. Mais pour ce qui est de grimper aux branches, je vaux bien Zachée. En vingt secondes, j'étais à deux mètres du sol.

De mon perchoir, j'aperçus le roi sur son cheval blanc, saluant la foule, le bicorne à la main. Il se tenait tout seul, en avant de ses trois fils, Chartres, Nemours et Joinville, trois beaux gars en uniforme d'officier avec des épaulettes dorées, montés sur des chevaux à la robe noire. C'était un sacré coup d'œil avec tous les soldats en uniforme, les plumets et les baudriers rouges, les pantalons d'un blanc de neige, les sabres, les képis et tout le tintouin. Je me sentais royaliste de la tête aux pieds et j'allais me mettre à crier comme tout le monde : «Vive Louis-Philippe ! » quand je m'entendis appeler :

– Malo, Malo, attention, l'homme en blouse !

C'était Gaby qui m'alertait.

L'homme avait sorti un pistolet de dessous sa blouse, il allait tirer sur le cortège dans l'espoir de toucher le roi ou l'un de ses fils. Sans réfléchir, je me laissai tomber de mon arbre sur lui. Ma tête heurta son dos, il s'effondra sous mon poids, puis me repoussa d'une ruade. Le coup de feu était parti, mais j'avais pu lui rabattre le bras. La suite devint confuse. J'entendis l'homme crier «Vive Louis XVII ! » de toutes ses forces, des femmes hurlaient, je reçus une grêle de coups, car on me confondit avec l'assassin. Enfin, je fus relevé par un garde national, ce qui me permit de voir ce qui s'était passé. Le roi, les princes, les officiers, les ministres étaient déjà loin. Le défilé se terminait. À terre, il y avait deux personnes. L'homme à la blouse, que la foule avait mis en pièces, et Gaby. La balle s'était logée dans sa jambe. Elle était en train de perdre et son sang et sa vie. Je me jetai près d'elle à genoux :

– Gaby, Gaby, meurs pas !

C'était un peu idiot, car elle n'en avait pas vraiment l'intention. Mais je ne trouvais rien de mieux à lui dire. Autour de moi, on s'affairait à la recherche d'un médecin ou d'un brancard pour l'emporter à l'hôpital.

– Malo, écoute… Si je meurs…

– Mais non, Gaby.

– Si je meurs, tu lui diras, hein ? Tu lui diras que je l'aimais ?

– Lève-toi ! nous interrompit une grosse voix. Et viens t'expliquer.

Le garde me mit debout en me tordant les bras dans le dos.

– Il a laissé tomber un pistolet de sa poche, dit-il à la foule pour se justifier.

– Et c'est pas un vrai béquillard, fit une brave dame que je n'avais pas sonnée. Regardez, il marche comme vous et moi.

À ma grande surprise, au lieu de m'acclamer comme le héros que j'étais, on me traitait comme un vaurien. Je fus donc conduit au commissariat, Gaby à l'Hôtel-Dieu, et l'inconnu à la morgue.

8
Le seul souci de Gaby. – La différence entre les gens bien et les gens comme nous.

Mes premières déclarations furent accueillies par des éclats de rire : les gendarmes ne voulaient pas croire que j'étais un agent de la Sûreté. Je demandai à ce qu'on aille chercher mon chef à son bureau de la galerie Véro-Dodat. Le brigadier qui s'y rendit en revint seul. Le libraire lui avait dit qu'il n'y avait personne chez Personne. Enfin, le commissaire Jacquot, averti qu'un témoin ou un complice de l'attentat avait été arrêté, me fit sortir de ma cellule et me reconnut.

Je lui racontai ce qui s'était passé : que nous avions remarqué, Gaby et moi, un individu aux allures louches, que je l'avais un instant perdu de vue, mais que j'étais intervenu à temps pour sauver le roi.

– Sauver, sauver, bougonna le commissaire Jacquot. À cette distance, le roi n'aurait pas été touché.

Je compris qu'il ne voulait pas m'attribuer un trop grand mérite.

– Est-ce que le terroriste a crié : «Vive Louis XVII» avant d'être tué ? me demanda-t-il.

– Je n'ai rien entendu. Est-ce qu'on connaît son identité ?

Le commissaire Jacquot était passé à la morgue et il avait fouillé le cadavre. Rien ne permettait de l'identifier. Après m'avoir fait répéter dix fois mon témoignage, il accepta de me relâcher.

Comme je sortais du commissariat, je me heurtai à mon père qui venait me chercher.

– Tu as le génie pour te trouver toujours aux bons endroits, grommela-t-il.

Je dus raconter une fois de plus mon aventure.

– Il a crié : «Vive Louis XVII» ? m'interrompit mon père.

– Oui, mais je n'en ai rien dit à Jacquot.

Mon père regarda derrière lui comme quelqu'un qui s'assure qu'il n'est pas suivi, il plongea la main dans la poche de son manteau et en sortit un papier froissé.

– Frédo m'a averti qu'un cadavre avait été porté à la morgue. Je l'ai fouillé avant tout le monde. Ce papier était sur lui.

Je lus :

À MORT L'USURPATEUR !
La famille d'Orléans fait depuis trop
longtemps le malheur de la France.
LOUIS-PHILIPPE
ET LES SIENS DOIVENT PÉRIR
DU PREMIER AU DERNIER !

– Pourquoi vous ne donnez pas ce papier à Jacquot ?

– Parce que ce torchon a été imprimé sur une presse cachée dans la maison de Bonnechose. Je le sais, il m'en a donné un exemplaire quand j'étais à l'une de ses soirées, déguisé en Liechtemberg. Il faut que le père de ta fiancée cesse de comploter. Je ne pourrai pas éternellement le protéger. Un jour ou l'autre, il y aura une victime.

– C'est déjà le cas.

– Le terroriste n'a eu que ce qu'il méritait.

– Je parlais de Gaby.

Le visage de mon père se décomposa :

– Quoi Gaby ?

– Comment ? Vous ne savez pas ?

Il m'attrapa par les épaules et me secoua en disant :

– Je ne sais pas quoi ?

– Mais… c'est… Gaby… qui… a pris la balle, répondis-je, mes dents s'entrechoquant tandis que mon père continuait de me secouer.

– Nom de Dieu ! Elle est…

– Blessée. À la jambe.

Personne héla un fiacre et nous fit conduire à l'Hôtel-Dieu. Il ne dit pas un mot pendant le trajet, mais parfois je voyais ses lèvres remuer comme s'il priait Dieu ou murmurait des malédictions. Peut-être les deux.

Il faisait nuit quand nous arrivâmes à l'Hôtel-Dieu. Le chirurgien Pelletan, qui avait extrait la balle de la jambe, était reparti chez lui, rue des Prouvaires. Mon père demanda à parler à sœur Jeanne-Marie, une religieuse qui rendait parfois service à notre brigade.

– Vous venez pour la pauvre jeune fille ? Elle a perdu beaucoup de sang. Elle se repose à présent.

– Je veux la voir, simplement la voir, je ne la fatiguerai pas, promit monsieur Personne.

Gaby était dans la salle commune, mais isolée par des rideaux blancs, que sœur Jeanne-Marie écarta :

– Voyez, elle dort.

Mon père poussa la religieuse sans grand ménagement et se pencha au-dessus de Gaby.

– Elle ne dort pas, dit-il en se redressant. Elle est sans connaissance.

Il se mit à lui tapoter les joues en l'appelant : « Gaby, Gaby », puis il se tourna vers la sœur :

– Des compresses d'eau fraîche.

Il y avait quelque chose de si farouche dans sa voix et ses yeux que la religieuse ne chercha pas à le contrarier. Pendant quelques longues minutes, tandis que je rafraîchissais le front de Gaby, mon père tenta de la faire revenir à elle :

– Gaby, c'est monsieur Personne qui est là. Gaby, ressaisis-toi, je t'en conjure, ne te laisse pas aller !

En désespoir de cause, il s'écria :

– Agent Gaby, au rapport !

Les paupières de Gaby se soulevèrent avec peine.

– Ch… ch… chef ? chuchota-t-elle.

– Oui, c'est moi, mon petit, et je t'interdis de mourir, tu m'entends ?

Elle ferma les yeux d'épuisement et marmotta quelque chose.

– Que dis-tu ? Répète…

Monsieur Personne mit l'oreille tout contre ses lèvres, puis il se redressa. Lentement, lentement, il repoussa le drap qui la recouvrait. On lui avait passé une pauvre chemise. Sa jambe droite n'était qu'un bandage sanguinolent depuis le pied jusqu'au genou.

– On ne t'a pas coupé la jambe, Gaby.

Une ombre de sourire passa sur son visage. Elle pourrait remettre ses bas de soie. C'était tout ce qui la tourmentait. Doucement, doucement, monsieur Personne remonta le drap. Puis il exigea du laudanum, qu'il fit boire à Gaby par petites gorgées pour apaiser la douleur. Enfin, il l'embrassa sur le front :

– Dors, petit.

Je dormis moi-même d'un sommeil agité, ne sachant de quel côté tourner mon corps endolori. Aux premières lueurs du jour, je fus éveillé en sursaut par mon père qui tambourinait à ma porte :

– Tu es convoqué par Gisquet.

Gisquet était le préfet de police de Paris, sous les ordres duquel nous étions placés. Il souhaitait m'interroger dans son bureau, rue de Jérusalem, où mon père me conduisit.

Gisquet n'était pas seul, mais je le reconnus tout de suite à sa manche de veste relevée et épinglée sur l'épaule. Il avait perdu l'avant-bras gauche dans un accident de chasse. L'autre homme était un militaire. Tous deux étaient assis, mais Gisquet ne nous proposa pas d'en faire autant. Il avait l'habitude de dire que « la police des voleurs était faite par des voleurs ». Donc il nous laissait debout comme des vauriens qu'on s'apprête à chasser.

– Voilà le héros de jour, ricana-t-il en me toisant. Racontez votre affaire, et vite, je vous prie. J'ai autre chose à faire.

– Moi aussi. Cela fait vingt fois que je répète les mêmes choses.

Mon père toussota tandis que Gisquet prenait un air de surprise exagérée. Sans me laisser impressionner, je racontai l'affaire à ma façon.

– Certains témoins disent avoir entendu l'homme crier «Vive Louis XVII ». Pouvez-vous le confirmer ? me demanda le préfet.

– Je n'ai rien entendu, j'étais assourdi par le bruit de la détonation.

– Nous ne pouvons pas continuer à cacher la vérité, grommela mon père quand nous eûmes quitté l'hôtel de police. Si Gisquet s'en aperçoit, il me renvoie au pré*.

– Mais si monsieur de Bonnechose est arrêté, c'est la ruine pour Léonie !

– Écoute, Malo, je t'ai laissé vivre ta vie. Tu aimes qui tu veux. Mais ne vois-tu pas le fossé qui sépare une demoiselle de la noblesse d'un fils de voleur ? Si c'est Léonie que tu aimes, et pas le joli nom qu'elle porte et la fortune qui va avec, tu devrais souhaiter sa ruine. C'est la seule chance que tu aies de pouvoir l'épouser.

– Le malheur de Léonie ne fera jamais mon bonheur.

– C'est ton dernier mot, bougre d'âne ?

– Oui.

– Dans ce cas, nous allons faire ce que ne font pas les gens bien. Nous allons nous salir les mains.

Mon père m'apprit que Paluchard, repris par ses mauvais instincts, menait une double vie, Louis XVII avec Trimbaldière, mais ancien forçat chez Papa Guillotin. Il allait à la taverne pour s'enivrer et danser le chahut avec les filles.

– Chez Papa Guillotin, Paluchard a fait la

* au bagne

connaissance d'un certain Jean Saint-Just, me raconta mon père. Nous sommes devenus de grands amis, lui et moi, et il a promis de m'associer au prochain mauvais coup qu'il ferait. Je sais que sa future victime est un banquier qui a chez lui beaucoup d'or et d'argent. Certains soirs où il sort, il n'y a que deux personnes pour garder sa maison. Dès que je saurai où et quand le cambriolage doit avoir lieu, tu préviendras Jacquot et nous tendrons un piège.

– Quand revoyez-vous Paluchard ?

– Demain midi chez Papa Guillotin.

– Je vous accompagnerai.

– Il n'en est pas question. J'irai seul.

– Je suis votre lieutenant, chef.

– Tu attires les catastrophes.

– C'était une catastrophe de sauver le roi ?

– Et Gaby, tu l'as sauvée ?

– C'est injuste ! Je n'y suis pour rien.

Nous reprîmes notre marche en silence.

– Ce sera dangereux, marmonna enfin mon père.

Je me souvins alors de ce que Zina m'avait prédit : « Tu mènes une vie dangereuse et tu devras en changer si tu ne veux pas mourir jeune. »

– J'ai choisi cette vie, papa. S'il m'arrivait quelque chose, vous n'y seriez pour rien.

9
Les agents de la Sûreté en action. – Jean Saint-Just est tué par la police.

J'étais déjà venu chez Papa Guillotin à la nuit tombée quand un nuage de tabac flottait au-dessus des tables encombrées d'assiettes sales. Un orchestre y faisait un raffut infernal tandis que les filles, qui dansaient en levant la jambe, montraient leurs dessous de dentelles. Mais le midi, la taverne était morte, l'odeur du tabac ne couvrait plus celle de l'urine, quelques ivrognes dormaient, effondrés sur les tables, deux ou trois filles, livides et les yeux pochés, mangeaient en silence un infâme ragoût.

Paluchard nous attendait, il avait peut-être passé la nuit à boire. En tout cas, son nez était plus vermillon que jamais et le dessous de ses yeux était noir comme s'il s'était pris deux coquards. Il fit un geste de bienvenue à Jean Saint-Just, mais le suspendit en me voyant.

– T'en fais pas, lui dit Saint-Just de sa grosse voix embrumée par l'alcool. Il est affranchi*.

Il me donna une grande claque dans le dos qui m'envoya dans le mur, puis il éclata d'un rire féroce. Tout en se servant un verre d'alcool à ras bord, il raconta mon histoire, que j'étais mousse, orphelin de père et de mère, que j'avais déjà connu la maison de redressement et la prison, que je m'appelais Quinquet, vu que j'avais pas les yeux dans ma poche. Là-dessus, mon père s'essuya la bouche avec un « ah » de satisfaction avant de se servir un autre verre à ras bord. Le rôle d'ivrogne est assez exigeant.

– Alors, ce chopin**, c'est pour quand ? demanda-t-il à voix basse.

– Ce soir.

– À nous trois ?

– Nan. J'attends un fameux zig. Tiens, le voilà !

Je tournai la tête vers l'entrée de la taverne et je frémis en reconnaissant l'homme. C'était le joueur d'orgue de Barbarie, le faux aveugle, le voleur de

* Il est du monde des voleurs.
** vol

chiens, le dresseur d'ours, l'homme qui s'était vendu au diable. Orson. Je ne l'avais vu qu'une fois à la lueur d'un feu, mais il y a des silhouettes qu'on n'oublie pas. Il était haut, bien bâti, plutôt maigre. Il portait un chapeau de feutre noir à larges bords et une peau de mouton d'où sortaient ses bras nus, tannés par le soleil. De près, son visage était effrayant. Ses traits semblaient sculptés dans le bois et ses yeux étaient sans vie.

– C'est lui, Saint-Just ? fit-il en désignant mon père d'un coup de menton. Eh bien, je m'y connais en hommes : celui-là, c'est un mouchard.

Personne se dressa d'un bond en renversant sa chaise. Il avait attrapé sur la table un couteau de cuisine qui y traînait.

– Tu redis ça ?

Le visage resta de bois.

– Un mouchard, répéta Orson.

Mon père rejeta le couteau et mit les poings en avant.

– Viens te battre. Moi aussi, je m'y connais en hommes. T'es un taffeur*.

* peureux

– Allons, allons, les enfants, fit Paluchard, le ton bonhomme. On n'est pas là pour s'égorger.

– Non, fit Orson, on est là pour égorger les bourgeois.

La plaisanterie fut du goût de tout le monde et nous réconcilia.

– Et celui-là, qui c'est ? demanda Orson en me désignant.

– Je m'appelle Quinquet, je suis voleur de père en fils, et j'aime pas qu'on me parle de travers.

– Il a pas les yeux dans sa poche, mais la langue non plus, dit mon père en posant de nouveau la main sur le couteau.

Paluchard riait comme un homme saoul en bredouillant : « Des fameux zigs, hein ? fameux ! » Finalement, Orson proposa de boire à notre association.

– Comme des bons zigs qui s'aiment comme des frères, fit Paluchard, de plus en plus pleurnichard.

Chacun siffla son verre, moi comme les autres, mais les larmes me sautèrent aux yeux. L'eau d'aff brûlait le gosier.

– Mes amis, reprit Paluchard, ce soir, nous allons jouer une partie qu'il ne faut pas perdre, ou nous perdrons notre tête avec. Alors, voilà ce que j'ai décidé : nous nous introduirons vers minuit dans la maison du banquier. Toi, Saint-Just, tu nous ouvriras les portes. Orson et moi, nous nous débarrasserons du couple de larbins. Quinquet, tu feras le guet dans la rue. Bien sûr, j'ai confiance en vous, mes amis. Mais pour ne prendre aucun risque, voilà ce que je vous propose : nous n'allons plus nous quitter jusqu'à minuit.

Orson approuva bruyamment, mais mon père fit remarquer que le temps allait nous durer. Il n'était encore que deux heures après midi.

– Venez vous reposer dans ma chambre, rue Saint-Antoine, nous invita Paluchard, qui ne paraissait plus ivre du tout.

Mon père me lança un coup d'œil. Nous nous étions mis dans une très fâcheuse situation. Nous ne pourrions sans doute pas empêcher Orson et Paluchard d'assassiner les malheureux qui gardaient la maison du banquier, ce qui ferait de nous leurs complices.

Une fois enfermés tous quatre dans la même pièce et nous surveillant les uns les autres, nous fîmes les préparatifs de notre expédition nocturne. Paluchard posa une paire de pistolets sur la table. Mon père les examina et déclara que l'un d'eux était hors d'état. Pendant ce temps, Orson aiguisait ses couteaux sur une pierre.

– As-tu du noir de suageur ? réclama Saint-Just.

C'était une pommade dont nous devrions nous noircir le visage pour nous rendre méconnaissables.

– Ce n'est pas la peine, répondit Paluchard en empochant un pistolet. Il n'y aura pas de témoin.

Mon père se mit à bâiller jusqu'à ce que les autres en fassent autant.

– As-tu de quoi manger ? fit-il, le ton impatient.

Paluchard n'avait pas même une croûte de pain et, pire encore, rien à boire, rien à fumer.

– Tu aurais pu y penser, grogna mon père. J'ai faim. Vous n'avez pas faim, vous autres ? Ce soir, on aura l'estomac dans les talons.

Orson, peu habitué à être enfermé, tournait en rond dans la chambre. Sans savoir ce que mon père cherchait à faire, je me plaignis de la faim à mon tour et poussai des soupirs d'ennui.

– Quand je pense que j'ai quatre bouteilles de vin de Bourgogne à la maison, marmonna Saint-Just, comme se parlant à lui-même. Et un pâté en croûte, et de la viande froide !

– Je peux aller les chercher, proposai-je.

– On a dit : on se sépare pas, rappela Orson.

– Et si j'envoyais ma logeuse chez Saint-Just ?

L'idée venait de Paluchard et c'était ce qu'attendait mon père :

– Bravo, bien trouvé ! Ma femme est à la maison. Je lui mets un mot pour lui dire de venir ici avec un panier de provisions. Du bourgogne, les amis ! Et du tabac pour nos pipes !

La bonne humeur revenait à vue d'œil. Moi, j'étais resté un moment pétrifié. « Ma femme », avait dit Saint-Just. Je savais déjà que mon père avait une maîtresse. Avait-il aussi une femme ? Paluchard semblait la connaître et l'appelait familièrement Nan-Nande. J'essayai de me rassurer en songeant que c'était sûrement un agent femelle de la Sûreté. Paluchard, qui savait lire, regarda par-dessus l'épaule de Saint-Just ce qu'il était en train d'écrire, puis il confia le message au fils de sa logeuse.

Une heure plus tard, on frappa à la porte. C'était Nan-Nande et son panier. Mon père lui claqua deux bises sur les joues. J'étais catastrophé. Elle était affreuse.

– Tiens, mon homme, dit-elle. V'là du trèfle et du picton*.

* Du tabac et du vin

Elle avait l'allure d'une grosse bobonne bien dévouée et un peu sotte. Mais son regard sautillait par moments et venait interroger mon père. Soudain, je surpris entre eux un échange de signes. Mon père fit trotter dans l'air l'index et le majeur de la main gauche. Il donnait l'ordre à Nan-Nande de le prendre en filature dès qu'il sortirait. Elle cligna deux fois des yeux pour acquiescer. Puis mon père porta l'auriculaire à son oreille. Dans notre langage à la brigade, cela signifie qu'il faut avertir la police.

– À la revoyure, mon homme, dit Nan-Nande en reprenant son panier vide.

Nous dévorâmes les provisions et le repas se termina par une tabagie. Mais l'heure tournait et je ne voyais toujours pas comment nous allions nous tirer d'affaire.

– Il faudrait faire une reconnaissance avant la nuit, dit soudain mon père. J'ai jamais fait de chopin dans un endroit que je connaissais pas.

Un silence suivit cette déclaration.

– C'est une maison avec un jardin, lâcha Paluchard. Elle est au coin de la rue d'Enghien et de la rue d'Hauteville.

– Ça m'avance bien, ricana Saint-Just.

Il s'allongea sur le lit et nous tourna le dos. Les

deux autres ne devinèrent pas qu'il faisait semblant de bouder pour écrire quelques mots au crayon à mine sur un morceau de papier d'emballage. Je me mis à questionner Paluchard :

– Y a-ti des chiens chez ton bourgeois ? C'est-ti une maison isolée ? Comment qu'on va passer par-dessus les murs ?

Il n'avait réponse à rien et Orson, lui aussi, commençait à s'inquiéter. L'affaire ne lui paraissait plus si sûre.

– C'est bon, capitula Paluchard. On va z'y voir.

Il secoua mon père qui faisait mine de cuver son vin.

– Allez-y sans moi, je pionce, grogna-t-il.

– On a dit : on se sépare pas, lui rappela Orson.

– Lève-toi et suis-nous ! lui ordonna Paluchard.

C'était mon père qui les manœuvrait, mais en leur laissant croire que c'étaient eux qui décidaient.

Une fois dans la rue, Orson, qui se méfiait toujours, arrêta un fiacre au passage. Même si Nan-Nande était restée en embuscade, elle était à pied et ne pourrait pas nous prendre en filature. Nous descendîmes de la voiture à la hauteur de la rue de Paradis pour ne pas éveiller les soupçons du cocher.

Parvenu devant la maison du banquier, Paluchard nous indiqua l'endroit le plus propice à l'escalade du mur. Sur la route du retour, mon père trouva l'occasion de me souffler à l'oreille ce qu'il avait fait avant de monter dans le fiacre. Il avait roulé en boule le papier sur lequel il donnait toutes les indications à transmettre à la police et il l'avait jeté sur le trottoir.

Quand nous revînmes au logis de Paluchard, il me restait encore trois heures à attendre et à me tourmenter. Nan-Nande n'était peut-être pas restée dans la rue, elle n'avait peut-être pas vu le geste de mon père. Et si elle avait porté les indications au commissaire Jacquot, est-ce qu'il la croirait ?

– Mes amis, c'est bientôt l'heure ! s'écria Paluchard. Une petite goutte pour la route ?

Les trois hommes n'avaient pas cessé de boire et de fumer. Paluchard, qui était originaire de Normandie, sortit une bouteille de Calvados, qu'il avait tenue cachée jusque-là, et emplit les verres à quatre reprises pour le gloria, la partante, la rincette, la surrincette…

– Et le coup de pied au cul ! annonça-t-il en avalant un cinquième verre.

Je guettais mon père du coin de l'œil. Ce n'était pas une outre à vin comme Paluchard, mais ce soir-là, il buvait autant que lui. Quant à Orson, il était ivre mort et ses yeux étaient injectés de sang. Il prononça quelques mots dans une langue inconnue puis il glissa ses deux couteaux dans sa ceinture. Il était prêt.

Tout le long du chemin que nous fîmes à pied, Orson et Paluchard fumèrent leur pipe. Pensaient-ils aux meurtres qu'ils allaient commettre ou à l'or dont ils rempliraient leurs sacoches ? Abrutis par l'alcool comme ils l'étaient, ils avaient peut-être cessé de penser. Mon père m'avait expliqué que les criminels et les soldats s'enivrent pour ne plus éprouver rien d'humain, ni peur ni pitié. On exagère beaucoup la difficulté qu'il y a à tuer, comme disait le bourreau à la tête qui venait de tomber dans le panier.

– Nous y voilà, fit Paluchard devant le mur à escalader.

Orson tapa le fourneau de sa pipe contre la semelle de son soulier pour la vider, puis il la rangea dans sa poche, prit un couteau à sa ceinture et le plaça entre ses dents, tout cela bien tranquillement. Comme il tuerait dans un instant. Il grimpa le premier, tout de suite suivi par Paluchard.

– Tu restes là, me dit mon père. Quoi qu'il se passe, quoi que tu entendes, tu restes là et tu m'attends.

– Fais attention, papa, murmurai-je.

– Alors, t'arrives ? l'appela Paluchard au moment de sauter dans le jardin.

En deux mouvements, mon père se retrouva à califourchon au faîte du mur, et c'est alors que j'entendis des cris, des bruits sourds de combat, puis un coup de feu, deux, trois… et je vis Jean Saint-Just dégringoler du mur dans le jardin.

– Papa !

La police avait tendu un piège aux grinches, mais mon père venait aussi d'y tomber. Abandonnant mon poste, je courus à l'angle des rues d'Enghien et d'Hauteville et allai coller mon visage contre la grille d'entrée. Je cherchai à deviner ce qui se passait dans le jardin de l'autre côté. On entendait des jurons, des râles, mais on ne voyait rien. Si j'appelais, j'allais peut-être me faire tirer comme un lapin. Mais mon père, mon père, où était-il ? Était-il mort, était-il seulement blessé ? Avait-il eu le temps de se faire reconnaître ? Les minutes passèrent, la nuit redevint calme. Un calme atroce…

Pendant toute cette journée, j'avais été parfois nerveux, tendu, inquiet. Mais je me sentais protégé. Soudain, j'étais seul. Sans mon chef, sans mon père, sans cet homme qui m'avait tiré du bagne, sauvé de la guillotine, sans ce monsieur Personne auquel je pensais si peu quand je vagabondais dans les rues. Appuyant mon front à la grille, je me mis à sangloter.

– Mais qu'est-ce que tu fais là ? gronda une voix.

Je hurlai tout à la fois de terreur et de joie.

– Papa ! Mais papa…

– Quoi, papa ? Je ne t'avais pas dit de m'attendre derrière le mur ?

– Mais tu es mort.

– Bougre d'âne, je me suis laissé tomber et je me suis un peu égratigné les mains. Avant d'être emmené par les gendarmes, Paluchard a eu la satisfaction de voir mon cadavre. Il a même prononcé mon oraison funèbre, il a dit : « C'était un fameux zig. » Il fallait que Jean Saint-Just fasse une belle fin, une fin dont les grinches se souviendront. Allez, ouste, marchons ! La nuit est fraîche, cela me fera du bien. J'ai tellement bu aujourd'hui que je sue l'alcool par tous les pores de la peau.

J'aurais voulu que mon père m'ouvre ses bras, j'aurais voulu me serrer contre lui, les yeux fermés, et oublier toute cette damnée journée. Je me mis à marcher à ses côtés, mais au bout de quelques pas, mes jambes se dérobèrent sous moi et je dus me raccrocher à son bras.

– Malo, es-tu certain que ce métier est fait pour toi ?

Je ne répondis pas.

10
Toto, tantine et Talleyrand. –
Mimi, Nini et Léonie.

L'opération de police de la rue d'Enghien n'avait pas été un succès. Orson avait réussi à s'échapper en poignardant au passage un gendarme. Les recherches entreprises pour le retrouver n'avaient rien donné. Il n'était pas retourné dans le campement bohémien, et Zina avait également disparu. Paluchard avait été blessé à l'épaule. Interrogé par le commissaire Jacquot, il avait reconnu être un faux Louis XVII et un vrai forçat évadé. Ainsi se termina la carrière de monseigneur le duc de Normandie.

Monsieur de Bonnechose, furieux d'avoir été trompé, se fâcha avec Côme de la Trimbaldière. Mais, sa situation financière ne s'étant pas améliorée, il se mit à chercher un mari pour sa fille parmi les banquiers et les financiers. Il y avait un certain monsieur Péreire de quarante-cinq printemps qui avait l'air de trouver Léonie à son goût. Mon père m'avait dit que, si mademoiselle de Bonnechose était ruinée, mes chances de l'épouser augmenteraient. C'était faux, car je n'avais rien à lui offrir. Mes quinze ans ? Mon taudis de la galerie Véro-Dodat ? Mon maigre salaire de lieutenant de la Sûreté ?

– Tu vas avoir de la promotion, me dit mon père. On demande à te voir au château.

– Quel château ?

– Aux Tuileries. Quelqu'un a parlé de toi à madame Adélaïde. C'est la sœur du roi.

– Je sais qui est madame Adélaïde. Je l'ai même vue au théâtre du Palais-Royal. C'est elle qui veut me voir ?

– Le général Sébastiani est un de ses grands amis. C'est le militaire qui était l'autre jour dans le bureau de Gisquet et qui t'a écouté raconter l'attentat. Il n'a pas dit grand-chose, mais je pense qu'il a apprécié ton courage et ta simplicité.

Je rougis de satisfaction. Quelqu'un allait-il enfin reconnaître que je m'étais conduit héroïquement ? Mon père avait reçu l'ordre de m'accompagner au pavillon de Flore, là où madame Adélaïde recevait ses invités.

Mon seul effort de toilette pour me présenter devant une altesse royale fut de m'habiller en Rodolphe Lequeu. Mon père dans sa redingote à la mode me fit une pénible impression. Elle n'était pas taillée pour ses grosses épaules et son dos trop large. On aurait dit un lion déguisé en chien de salon.

Nous entrâmes aux Tuileries entre deux piquets de gardes nationaux à cheval et nous fûmes tout de suite accueillis par deux laquais à perruque poudrée, qui nous escortèrent jusqu'aux appartements de madame Adélaïde.

– Monsieur Personne, comme c'est aimable à vous de me rendre visite, fit son altesse la sœur du roi.

Elle avait l'air d'oublier que nous avions été convoqués. Il y avait là le général Sébastiani, très raide, et un autre monsieur qui ne pouvait quitter son siège car son pied, pris par la goutte, devait rester posé sur un tabouret.

Pendant que tout ce monde échangeait des politesses, je regardai autour de moi. Le salon de madame Adélaïde était aussi froid que ses occupants. Des livres, des journaux, une table de travail surchargée de paperasses. Nom d'unch, quel endroit ennuyeux !

– C'est vous, mon garçon, qui avez sauvé la vie de votre roi ?

Je sursautai. La question m'était adressée et c'était madame Adélaïde qui venait de me la poser. Mon Dieu, qu'elle était laide avec son gros nez bourgeonnant, ses yeux ronds et son menton rengorgé !

– Oui, madame. Enfin, je crois.

– Vous n'en êtes pas sûr ? insista madame Adélaïde de cette voix si peu féminine qui lui sortait du nez.

– Si, si !

Je compris qu'on attendait de moi le récit de l'attentat, mais l'émotion me fit dire un peu n'importe quoi :

– Comme je ne voyais rien à cause des shakos, j'ai pensé à Zachée et je suis monté dans un arbre pour voir passer Jésus, je veux dire, Louis-Philippe. C'était un beau spectacle, les chevaux, les soldats, j'allais crier «Vive le roi ! » quand…

– Vous l'aimez bien votre roi, n'est-ce pas ? me coupa madame Adélaïde, attendrie.

– Heu… oui. Mais sur une barricade, je crierais : «Vive la République ! » C'est une question d'ambiance.

Le monsieur goutteux éclata d'un rire sec.

– Mon fils a fait son devoir, rien de plus, intervint mon père, qui avait hâte de s'en aller.

– Oh, c'est votre fils ? s'étonna madame Adélaïde. Quel âge a-t-il ?

– Quinze ans, votre altesse.

– C'est un bel enfant, je vous en fais mon compliment.

Sa voix avait changé. Elle s'écria soudain :

– Ah, général, général ! Ils me tueront mon frère ou l'un de mes neveux !

– Mais non, chère amie, protesta le militaire. Nous veillons sur eux.

– Vous veillez ! Vraiment ? Mais si ce petit garçon n'avait pas été là, nous n'aurions plus de roi !

J'aurais préféré ne pas être traité de petit garçon, mais l'intention était gentille. On entendit alors un gratouillis au bas de la porte.

– Oh, monsieur Personne, soyez assez aimable pour ouvrir à ma chienne, le pria madame Adélaïde.

Une jolie petite bête entra, tout de suite suivie par un jeune garçon blond comme les blés, en pantalon blanc et veste de velours bleu.

– Toto ! s'écria madame Adélaïde.

Ce n'était pas le nom de la chienne, mais le surnom du plus jeune prince de la famille d'Orléans, le petit Montpensier. Il s'inclina gracieusement pour saluer :

– Bonjour, général, bonjour, monsieur de Talleyrand !

– Vous n'êtes pas au lycée ? s'étonna celui que Toto venait de saluer.

– J'ai une terrible migraine !

– À d'autres, jeune homme ! se moqua monsieur de Talleyrand. J'ai eu onze ans, moi aussi, et je sais reconnaître un paresseux.

Tout le monde se mit à rire, et moi le premier. Le garçon nous jetait des regards à la dérobée, à mon père et à moi. Il devait être un peu timide.

– Montpensier, lui dit sa tante, voici le chef de la Sûreté de Paris et voici son fils, qui a sauvé ton papa.

– Oh, c'est vous qui avez sauté sur l'assassin ?

Il mima la scène comme s'il se jetait de l'arbre, puis il devint tout rouge.

– Hum, Toto, je crois que ton précepteur t'a laissé un devoir à faire ?

– Tantine, j'ai de la fièvre, je voyais les mots danser sur ma feuille...

Il avait pris un air suppliant et câlin comme je savais si bien faire à son âge pour entortiller mes tantes adoptives. Madame Adélaïde se laissa entortiller, elle aussi, et permit à Toto de rester sur le sofa avec la petite chienne qui s'appelait Milady.

– Je suis si inquiète quand je les sais au collège, expliqua-t-elle à mon père. Ils sont à la merci d'un fou, ne croyez-vous pas, monsieur Personne ?

J'avais lu dans je ne sais quel journal que Louis-Philippe envoyait ses enfants à l'école au lieu de les garder dans son château. Aumale, qui avait treize ans, et Montpensier allaient tous deux au collège Henri-IV.

– Chère amie, toutes les précautions ont été prises pour mettre le collège à l'abri d'une attaque, la rassura le général Sébastiani. Je l'ai visité moi-même, c'est une forteresse.

– Et sur le chemin de l'école ?

– Vos neveux sont conduits en char à bancs, encadrés par leurs deux précepteurs.

Madame Adélaïde, nullement convaincue, voulut connaître l'opinion du chef de la Sûreté.

Profitant de ce que les adultes discutaient entre eux, le petit prince me fit un signe de la main pour que je vienne le rejoindre sur le sofa.

– Alors, vous êtes vraiment un agent de la Sûreté ?

Il me fixait de ses grands yeux bleu pâle et un malaise m'envahit. Ce visage allongé, cette peau blanche, cet air un peu dolent… Montpensier ressemblait à l'apparition sous le réverbère, il ressemblait à Louis XVII. Et c'était normal puisqu'ils étaient du même sang.

– Vous n'êtes pas plus vieux que Mimi, me dit-il encore.

– Qui est Mimi ?

– Mon frère Aumale.

– J'ai deux ans de plus que lui !

Une fois de plus, ma petite taille me jouait un tour.

– Aumale se croit très fort, reprit Toto, mais vous le renverseriez d'une poussette ! Vous n'allez pas à l'école, n'est-ce pas ?

Nous nous mîmes à bavarder tout en caressant Milady, qui était entre nous. Je racontai ma vie à Toto, les déguisements, les filatures, les embuscades, les tavernes, les filles, les grinches, et je l'épouvantai en lui mimant la fausse mort de Jean Saint-Just. Soudain, je me rendis compte qu'on n'entendait plus rien dans le salon que nos chuchotements. Je relevai la tête. Tous les adultes étaient en train de nous observer. Je me redressai.

– Oh, vous partez déjà ! se désola Montpensier. Et je ne sais même pas comment vous vous appelez.

– Malo.

– Ma tante, Malo, c'est Aumale à l'envers !

– C'est toi qui parles à tort et à travers, le gronda madame Adélaïde.

Nous fûmes reconduits, mon père et moi, par les deux laquais poudrés. Je ne sais pourquoi, il me semblait que je laissais un peu de mon cœur derrière moi.

– Monsieur, monsieur Personne !

C'était le général Sébastiani qui courait pour nous rattraper.

– Je… j'ai quelque chose à vous dire de la part de madame Adélaïde. Elle est… elle est si tourmentée. Elle est persuadée que ses deux plus jeunes neveux sont en danger.

– Mais est-ce que c'est vrai ? m'inquiétai-je à mon tour.

– C'est la santé de madame Adélaïde qui est menacée. Elle en fait des crises d'asthme redoutables et elle va développer une maladie de cœur d'après son médecin. Vous pourriez faire quelque chose pour lui redonner un peu de sérénité.

Il me regardait.

– Moi ?

– Oui, vous. En tenant compagnie aux jeunes princes quand ils vont au collège. D'après ce que nous a dit votre père, vous savez manier le couteau et le pistolet, et vous savez vous battre. La boxe et la savate, c'est cela ?

– Il sait aussi repérer le danger, se déguiser à en être méconnaissable, ou prendre en filature, ajouta mon père. C'est le meilleur de mes agents.

Il n'avait jamais déversé tant de compliments sur ma tête. J'en restai sans voix. Le général en profita pour décider de mon avenir à ma place. J'allais devenir collégien à Henri-IV, assister aux cours dans la classe de Montpensier, prendre mes repas au réfectoire avec les deux frères, les surveiller pendant les récréations, les reconduire à la maison ou les accompagner quand ils iraient faire de la natation.

– J'en parle à sa majesté, conclut le général Sébastiani. Rien ne peut se faire sans son autorisation.

– Et mon autorisation à moi, on ne me l'a pas demandée ! éclatai-je, une fois dans la rue.

– C'est un grand honneur qu'on te fait.

– Depuis le temps que vous voulez m'envoyer

à l'école, vous avez sauté sur l'occasion ! Mais je vous préviens, je n'apprendrai rien. Rien ! Je n'ai pas envie d'attraper des migraines comme ce pauvre Toto !

Montpensier m'avait détaillé son emploi du temps. Lever à cinq heures du matin pour se rendre à Henri-IV, retour aux Tuileries à quatre heures de l'après-midi. Une demi-heure de récréation en tout et pour tout. Chaque soir, des réceptions à mourir d'ennui. Le jeudi et le dimanche : dessin, musique, équitation, escrime, bâton, danse, visite de musées, marche à pied pour se fortifier. La vie du petit prince était un enfer et je n'avais pas envie de la partager. Il ne me restait donc qu'à espérer une chose : que Louis-Philippe ne voudrait pas d'un Lange gardien pour Mimi et Toto.

Le lundi, j'étais impatient de raconter à Léonie tout ce qui m'était arrivé.

À midi, j'étais sous le Gladiateur mourant, guettant son arrivée. Ce fut Nini Guibole, sa femme de chambre, que je vis s'avancer dans l'allée.

– Léonie est malade ?

– Non. Écoutez-moi, m'sieur Malo. Vot' demoiselle, elle n'a plus le droit de sortir.

– Quoi ? Mais je vais…

– Non, non, écoutez-moi ! Vous vous mettrez en colère après. Je viens de la part de mademoiselle Léonie. Elle est enfermée dans sa chambre. Son père est devenu comme fou.

En quelques phrases confuses, Nini m'apprit que le 7 de la rue de la Tour-des-Dames se vidait peu à peu de son antique mobilier. Monsieur de Bonnechose était ruiné, ses créanciers le harcelaient jour et nuit. Les domestiques quittaient la maison en emportant tout ce qu'ils pouvaient voler pour se dédommager des gages qu'on ne leur avait pas payés depuis des mois. À la ruine s'ajoutait le déshonneur, car le bruit courait que madame de Bonnechose avait été la maîtresse de Côme de la Trimbaldière.

– Et il raconte partout qu'il a eu la fille en même temps que la mère, chuchota Nini en baissant les yeux.

– Mais je vais…

– Non, non, écoutez-moi, m'sieur Malo. Ce Trimbaldière a l'habitude des duels, il s'entraîne tous les jours dans une salle d'armes. Il va vous embrocher comme un poulet. Mademoiselle Léonie vous interdit de vous battre. Mais elle vous jure que personne va la marier de force. Et t'nez, ça, c'est pour vous !

Nini avait à son annulaire une bague qui appartenait à ma fiancée et qui lui venait d'une lointaine aïeule. Elle la retira et la passa à mon petit doigt. C'étaient trois perles fines, comme trois larmes tombées des yeux de Léonie. Je les écrasai contre mes lèvres jusqu'à les écorcher.

– Nini, dis à Léonie que je suis prêt à tout pour elle. À l'enlever si elle veut, à tuer qui elle veut...

Et même, nom d'unch, à aller à l'école !

11
Caramel, Gaby, Zina et Léonie : les femmes sont l'enfer et le paradis.

Les jours passèrent, et nous ne reçûmes aucune nouvelle du château. Louis-Philippe n'avait sans doute pas donné son autorisation.

– Il a tort, me dit mon père. D'après les informations que recueille chaque jour la police, les princes sont aussi menacés que le roi.

– Surtout le fils aîné ?

Mon père hocha la tête négativement :

– Tous les comploteurs savent à quel point le roi aime ses enfants. Tuer l'un d'eux, ce serait l'atteindre profondément.

Louis-Philippe ayant cinq garçons et trois filles, Chartres, Nemours, Joinville, Aumale, Montpensier, Louise, Marie et Clémentine, les assassins n'avaient que l'embarras du choix.

– Bah, après tout, ce n'est pas notre rôle de protéger la famille royale, grommela monsieur Personne. Nous avons assez à faire avec les grinches. Retrouvons Orson et sa sœur !

– Sa sœur ? Zina est la sœur d'Orson ?

– C'est ce que les bohémiens m'ont affirmé. Zina et Orson sont frère et sœur, de la tribu des Ursari. Ils se sont joints à ce campement avec leur roulotte et leurs animaux dressés. Puis ils ont disparu en abandonnant même leur ours. Je suis certain qu'ils sont cachés quelque part dans Paris.

Il était temps que je fasse part à mon chef du renseignement que je détenais :

– Quand Claque-Sous m'a conduit au campement l'autre nuit, j'ai cru voir… Je peux m'être trompé… C'était à la lumière d'un feu de bois… Mais je suis presque sûr d'avoir reconnu une personne… Elle sortait de la roulotte d'Orson. C'était une fille que j'avais déjà vue… hum… sous les arcades du Palais-Royal.

– Accouche, fit mon père, la voix mauvaise.

– Caramel.

Il rejeta la tête et plissa les yeux comme quelqu'un qui cherche à voir au loin.

– Orson et Caramel. Tiens donc ?

– Caramel est une des mouchardes de la Sûreté, pas vrai ?

Mon père me regarda pensivement, puis reconnut :

– C'est ma maîtresse.

– Est-ce que Caramel sait qui vous êtes ?

– Je lui ai raconté que j'étais un brave rentier.

– Votre dos raconte une autre histoire, papa.

Il abattit brusquement les deux poings sur son bureau. Mais ce n'était pas contre moi qu'il était en colère, ni même contre Caramel. C'était contre lui :

– Un soir, se souvint-il, je suis passé chez elle au 161 de la galerie Valois. J'avais juste eu le temps de me débarbouiller le visage, mais sous mes vêtements bourgeois, j'avais gardé la tenue de marin de Jean Saint-Just et sa perruque rousse dans une poche. J'ai veillé à me déshabiller discrètement mais, contrairement à mon habitude, je me suis endormi une petite heure. Est-elle allée fouiller dans mes affaires pendant ce temps ? Cela expliquerait pourquoi Orson m'a traité de mouchard dès qu'il m'a vu. Elle avait dû lui parler d'un bourgeois qui se déguisait en matelot à cheveux roux.

Mon père poussa un bâillement qui ressemblait à un rugissement et s'étira en faisant craquer les coutures de ses vêtements.

– Les femmes ne me valent rien. Allons voir Gaby !

Il quitta son fauteuil en repoussant du pied son chien, qui dormait collé à lui.

– Debout, Fiston !

Une fois dans la rue, il fit signe à une petite fille qui essayait de vendre aux passants les premières violettes du printemps. Il lui acheta un bouquet qu'il fourra dans une de ses poches. À l'entrée de l'Hôtel-Dieu, il montra une borne à son chien et lui dit :

– Ici ! Assis.

Fiston leva son museau vers lui, pencha la tête, l'air de demander : « Tu ne m'oublieras pas ? »

– Assis ! répéta le chef.

Fiston obéit.

Une fois dans l'hôpital, nous trouvâmes sœur Jeanne-Marie, qui nous donna des nouvelles de Gaby tout en nous conduisant à la salle commune :

– Elle a une mauvaise fièvre, qui l'affaiblit de jour en jour. Le docteur Pelletan s'inquiète de ce que sa jambe ne guérit pas.

Gaby était consciente, mais chaque mot lui coûtait et elle peinait à soulever ses paupières.

– Ch… chef… ma jambe…

– Elle est toujours là, Gaby.

– La gangrène… Le docteur a dit…

Une larme roula sur sa joue. Mon père s'assit au bord du lit et je l'entendis qui disait en se penchant sur Gaby :

– Moïra, ce qui est important, ce n'est pas qu'une femme ait deux jambes. C'est qu'elle ait un cœur. Si le docteur Pelletan doit vous amputer pour vous sauver, il faut que vous l'acceptiez.

– Mais je ne servirai plus à rien, chef.

– Je m'appelle Eugène. Ce n'est pas ce que j'ai fait de mieux dans la vie, mais c'est comme ça. Je suis Eugène, et s'il vous manque une jambe, vous pourrez vous appuyer sur moi.

Il sortit de sa poche son bouquet de violettes un peu flétries, les secoua à la manière dont son chien s'ébrouait et les posa sur la poitrine de Gaby.

– Guérissez vite. C'est un ordre.

Il posa l'index sur les lèvres de Gaby pour lui interdire de répliquer et se releva. Nous nous séparâmes dans la rue, lui et moi. Fiston l'avait sagement attendu. Tandis que je rentrais chez moi, je me fis cette réflexion que je venais de voir un ancien forçat faire la cour à une future unijambiste, et que c'était une des meilleures choses qui me soient arrivées depuis longtemps.

Les jours suivants, je retournai à mes activités de lieutenant de la Sûreté. Mon père pensait que Zina et Orson n'avaient pas quitté Paris, j'allais donc les rechercher. Et puisque tout avait commencé par une conversation que Gaby avait surprise entre deux hommes au Lapin Volant, je rendis visite à son patron, Bourguignon le manchot.

– Tu te fais rare, me reprocha-t-il. Que veux-tu boire ?

– Je suis en service, Bourguignon.

– Le verre de l'amitié, Malo, ou je vais me fâcher !

Nous trinquâmes donc au passé et à tous nos bons souvenirs.

– Que veux-tu savoir ?

Bourguignon passait pour un grinche, mais c'était un de nos mouchards.

Je lui fis la description d'Orson et Zina. Bourguignon était très observateur :

– Le gars à la peau de mouton, il est déjà venu une fois ici. C'était un jour de grand froid. Je l'ai remarqué parce qu'il était bras nus.

C'était le jour où Gaby l'avait surpris, préparant son mauvais coup.

– Il n'était pas seul, dis-je. Te souviens-tu de l'homme avec lequel il était ?

Bourguignon chercha dans sa mémoire, puis secoua la tête. Un détail me revint alors en mémoire :

– Un homme qui bégayait.

– Quiqui ?

C'était le nom que mon père avait également prononcé.

– Je ne l'ai pas vu depuis longtemps, me dit Bourguignon. Je crois bien qu'il est en prison.

L'autre piste qui menait à Orson et Zina, c'était Caramel. Mais mon père découvrit bientôt que la fille avait quitté la galerie Valois sans laisser d'adresse. Pour ne négliger aucune piste, mon père plaça Frédo en sentinelle à la fourrière pour le cas où Orson aurait l'imprudence de venir y chercher d'autres chiens. Ce qu'il ne fit pas.

*
* *

Et les jours passèrent, et les nuits. Mars, avril. J'étais Tortillard ou Quinquet ou Rodolphe Lequeu. J'étais surtout le lieutenant de Lange, sans avenir, sans horizon, sans amour. Je ne prenais plus de plaisir à vagabonder dans les rues, la fumée des tavernes me brûlait les yeux, l'eau d'aff me tordait les boyaux.

Gaby était peut-être en train de perdre sa jambe. Mais moi, je perdais mon temps.

*
* *

Le premier lundi du mois de mai, toujours en compagnie du Gladiateur mourant, j'attendais Nini Guibole, qui était mon seul lien avec Léonie. Midi sonna. Puis midi et demi. Enfin, je la vis qui arrivait tout essoufflée, le chapeau de travers.

– M'sieur Malo, oh, je suis désolée. On m'a renvoyée.

– Renvoyée ?

– Monsieur de Bonnechose a dit que je « dressais sa fille contre lui ». Mais le plus pire, c'est que Trimbaldière est revenu dans la maison et qu'il a l'air d'en être le maître !

– Nom d'unch ! Il faudra vraiment que je le tue !

– Ah, mon Dieu, mademoiselle Léonie a tellement peur d'un duel !

J'avais plutôt pensé à lui loger une balle dans la tête. J'ai une vision simple des rapports humains.

– Tiens, Nini, prends ça, dis-je en lui tendant un louis d'or. Et trouve-toi une autre place.

– Qu'est-ce que vous allez faire, m'sieur Malo ?

– Me conduire en homme.

J'allai tout droit à la galerie Véro-Dodat demander conseil à papa.

– Il y a quelqu'un avec Personne, m'avertit le libraire.

Mon père écoutait un restaurateur du quartier qui se plaignait de ce que ses couverts en argent disparaissaient mystérieusement.

– Cela fait déjà plusieurs fois que cela se produit. C'est plus fort que les tours de magie de monsieur Wizzard !

– Que se passe-t-il exactement ? le questionna monsieur Personne, le sourire aux lèvres.

– Eh bien, voilà. Des gens arrivent, par exemple un couple un peu âgé, bien mis, qui commande à dîner. Ils paient leur addition, mais le garçon qui vient débarrasser la table s'aperçoit à ce moment-là que les couteaux en argent ont disparu. Bien sûr, malgré leurs protestations, nous fouillons les clients.

– Et comme vous ne trouvez rien, vous leur présentez vos excuses, compléta monsieur Personne.

Le restaurateur soupira.

– Cher monsieur, vous êtes victime de ce que nous appelons à la brigade le grinchissage à la cire. Après le départ de votre couple respectable, d'autres personnes tout aussi respectables entrent dans votre établissement et s'installent à l'endroit précis où le couple vient de manger. Oh, ne vous en faites pas, ceux-là vous laisseront vos couverts sur la table. Ils se contenteront de récupérer ceux qui ont été collés sous la table avec un emplâtre de cire…

– Oh, les bandits, oh, les brigands ! s'étouffa le restaurateur. Monsieur le chef de la Sûreté, il faut absolument arrêter cette bande de coquins !

Je fis signe à mon père de se hâter de mettre le bonhomme à la porte. Il l'y reconduisit en lui promettant de lui envoyer un de nos agents.

– Que t'arrive-t-il ? Tu as l'air hors de toi…

– Papa, il se passe quelque chose d'incompréhensible chez les Bonnechose. Ils reçoivent de nouveau Côme de la Trimbaldière.

– Comment ça ? Monsieur de Bonnechose s'est fâché avec lui…

– C'est bien pour cela que je vous dis que c'est incompréhensible !

On frappa de nouveau à la porte et mon père me fit signe qu'il allait se débarrasser du visiteur. Mais au lieu de cela, il se mit à bredouiller :

– Mais qu'est-ce… Nom de… Vous seriez…

Il laissa entrer Zina.

– Il me cherche, fit-elle de son air le plus tragique. Monsieur le chef de la Sûreté, protégez-moi.

– Du diable, c'est ça ? ricanai-je.

Je savais désormais que Zina mentait comme elle respirait.

– Non, d'Orson, me répondit-elle.

– Votre frère ?

– Oui, c'est mon frère. Mon frère aîné. C'est lui qui m'a élevée. Je n'ai que lui au monde. Il fallait bien que je lui obéisse. Mais je ne peux plus. Il s'est mis au service d'un trop mauvais homme.

Zina semblait lasse et maigre, bien différente de la diablesse qui s'était jouée de moi chez Polidori. Mon père la fit asseoir et lui offrit un verre d'alcool pour la réconforter.

– Qui est ce mauvais homme ? lui demanda-t-il.

– Je ne sais pas, je ne l'ai jamais vu. Orson l'appelle le benk.

– C'est lui qui vous a payée pour que vous voliez le cœur de Louis XVII ?

– Je ne savais même pas ce que c'était.

– Et puis il a voulu des cœurs de chien ?

– Oui. Mon frère m'a d'abord fait croire que le

benk les mangeait. Mais une nuit qu'il avait trop bu, il a fini par me dire la vérité. Le benk endort les bêtes avec un produit magique, il leur ouvre le ventre, il leur coupe le cœur et...

Zina porta les mains à sa poitrine comme pour se protéger elle-même :

– ... et il essaie de le recoudre. La pauvre bête meurt et Orson la jette à la décharge.

– C'est un fou ! s'exclama mon père. Vous vous rendez bien compte que c'est un fou ?

Zina acquiesça puis murmura :

– Je me suis enfuie parce qu'il veut faire la même chose sur des enfants.

– Ah, je m'en doutais ! rugit monsieur Personne en tapant sur son bureau. Un jour ou l'autre, ce dépeceur de chiens va s'attaquer aux humains !

Zina nous expliqua qu'Orson continuait d'obéir au benk parce qu'il en avait peur.

– Si Orson me retrouve, il m'égorge. Cachez-moi, monsieur le chef de la Sûreté !

– La meilleure façon de se cacher, c'est de se transformer, lui répliqua mon père.

Il fit avec Zina ce qu'il avait fait pour Gaby. En quelques coups de ciseaux, il massacra la lourde chevelure noire, puis il me demanda d'aller chercher dans mon armoire de déguisements mes vêtements de petit ramoneur savoyard. J'obéis à mon chef, en songeant que cela m'éloignait de Léonie et de mes propres soucis.

Je grimpai l'escalier qui montait à mon taudis, mais, dès les premières marches, je sentis une présence. Un souffle. Quelqu'un m'attendait dans l'ombre. Je me baissai et pris le poignard lacé contre mon mollet. Une marche, une autre, sur la pointe des pieds, puis je me décidai :

– Qui est là ?

– Malo, c'est vous ?

– Léonie !

Elle était là, assise sur le seuil de ma porte.

12
La vie est faite de rebondissements, comme disait sainte Blandine, dont les lions n'avaient pas voulu, en apprenant qu'elle allait être livrée aux taureaux sauvages.

Je fis entrer Léonie dans ma chambre malpropre et cherchai des yeux une place où elle pût s'asseoir, un endroit sans vaisselle sale, ni linge entassé. Mais elle était si épuisée qu'elle se laissa choir sur mon lit. C'est alors que je remarquai la tenue dans laquelle elle était venue chez moi. Elle avait passé les vêtements de femme de chambre qui avaient dû appartenir à Fanny Guibole. Et elle avait froid. J'ouvris mon armoire et en sortis un châle bariolé qui avait autrefois couvert les épaules d'une prostituée. Je me mis à genoux devant Léonie et pris ses mains dans les miennes pour les réchauffer.

– Ce qui me désole, Malo, c'est d'avoir laissé le petit chat que vous m'aviez donné. Il est resté dans ma chambre.

Ses yeux s'emplirent de larmes.

– Qui sait que vous êtes ici ? demandai-je.

– Personne. J'ai dit à mon père que j'allais me préparer pour recevoir monsieur de la Trimbaldière. Je me suis sauvée, déguisée en chambrière, par la porte de l'office.

Elle essuya du coin de son châle les larmes qui coulaient sur ses joues.

– Malo, je ne suis plus la petite fille qui faisait de la balançoire rue des Cerisiers. Si c'est cette Léonie qui vous faisait rêver, je vous rends votre liberté : nous ne sommes plus fiancés.

– Vous êtes toujours la Léonie qui escalade les murs et qui ment à ses parents ?

Elle rougit et marmonna :

– Celle-là, oui.

– Vous m'avez fait peur ! Eh bien, moi, je suis toujours Malo, sans argent, sans instruction, fils de monsieur…

On tambourina rageusement à la porte.

– D'ailleurs, le voilà, et je crois qu'il n'est pas content, dis-je en me relevant.

– Mais nom de Dieu, rugit mon père en entrant, qu'est-ce que tu fabriques ? Et que fait ici cette jeune f… Mademoiselle de Bonnechose ?

Léonie lui fit la révérence :

– Monsieur le chef de la Sûreté.

– Allons bon, voilà du nouveau ! Lieutenant de Lange, pouvez-vous m'expliquer…

– Oh, monsieur, ne cherchez pas querelle à votre fils. Tout est ma faute. Je me suis sauvée de chez moi et je n'ai nulle part où aller.

Qu'elle était jolie, les mains jointes, ses cheveux d'or déroulés sur ses épaules et ses yeux de jais plus brillants d'avoir pleuré !

– Vous êtes bien gentille, mademoiselle, lui répondit mon père, mais vous devez vous rendre compte qu'en restant dans la chambre d'un homme vous vous déshonorez.

La vie est curieuse. J'avais toujours rêvé du moment où mon père me traiterait en homme, et pour une fois qu'il le faisait, je n'en étais pas si content que ça.

– Que dois-je faire, monsieur ? demanda Léonie en prenant sa voix la plus enfantine.

– Mais retournez chez vous, petite dinde !

Je m'avançai bravement :

– Papa, je vous interdis de parler sur ce ton à ma fiancée.

– Nom de nom de nom de nom ! Et l'autre bougresse là-dessous qui attend ses vêtements de ramoneur ! Qu'est-ce que je vais faire de toutes ces femelles ?

Il ouvrit mon armoire et en tira quelques habits pour Zina.

– Et vous, vous comptez aussi vous enrôler dans la brigade de Sûreté ? demanda-t-il à Léonie.

Elle faisait effort pour ravaler ses larmes, mais ses lèvres tremblaient.

– Avec ce joli châle, vous pourriez aussi gagner votre vie en faisant le trott…

Je ne le laissai pas terminer et lui lançai mon poing dans la figure. Ce fut comme si mes phalanges se brisaient contre un rocher.

Mon père me regarda me tordre de douleur, tout en se frottant la mâchoire.

– Tu n'as pas un mauvais direct. Tu ne t'es rien cassé, j'espère ?

Il laissa tomber le paquet de vêtements et palpa mes doigts, l'air inquiet.

– Non, ça ira. Trempe ta main dans l'eau froide, me dit-il enfin.

Puis il regarda Léonie et un sourire moqueur lui tordit les lèvres :

– Je ne suis pas un monstre, mademoiselle. Venez dans mon bureau. Il faut que nous parlions.

Après avoir transformé Zina en ramoneur savoyard, mon père l'envoya au Lapin Volant en compagnie de Frédo. Il devait l'installer dans mon ancienne chambre sur cour.

– Voilà une première chose de réglée, dit monsieur Personne. À présent, mademoiselle Léonie, avez-vous faim ?

Quand elle eut mangé un peu de pain et de fromage, mon père lui demanda si elle était prête à répondre à quelques questions.

– Faites, monsieur le chef de la Sûreté, répondit-elle en retrouvant son ton hautain.

– Eh bien, pour commencer, pourquoi monsieur de la Trimbaldière est-il revenu chez vous après en avoir été chassé ?

– Croyez-vous que mon père me fasse des confidences ?

– Je vais vous suggérer une idée et vous me direz si elle vous paraît bonne, reprit monsieur Personne sans se décourager. Monsieur de la Trimbaldière a payé toutes les dettes de vos parents et il est devenu leur unique créancier. Il peut, quand il le veut, jeter votre famille à la rue.

Les joues de Léonie s'empourprèrent.

– Mais pourquoi ne le fait-il pas ? l'interrogea mon père.

– Monsieur de la Trimbaldière ne m'honore pas non plus de ses confidences.

– Posons la question autrement : pourquoi vous êtes-vous sauvée ?

Léonie me supplia du regard. Mais j'étais comme papa, j'avais besoin de savoir.

– Allons, mademoiselle, je vais dire les choses à votre place et vous me ferez un signe de tête si c'est la vérité. Monsieur de la Trimbaldière est très amoureux de vous ?

Léonie acquiesça.

– Il est prêt à effacer toutes les dettes de votre famille s'il peut vous épouser ?

Léonie eut un sursaut puis fit non de la tête, et le rouge de la honte envahit de nouveau ses joues. Je compris alors l'horrible vérité. Trimbaldière ne voulait pas faire d'elle sa femme, mais la mettre dans son lit.

– N'y a-t-il personne qui puisse vous protéger ?

lui demanda mon père avec soudain beaucoup de douceur dans la voix. Votre mère ?

– Elle est partie vivre en Touraine chez une tante.

– Votre marraine ?

– Elle est fâchée avec ma famille.

– N'avez-vous pas une amie ?

Elle fit non de la tête. Léonie, que j'avais crue riche et entourée, était sans un sou et persécutée.

– Dans ce cas, conclut monsieur Personne, considérez-moi comme votre protecteur.

– Merci, merci, monsieur, balbutia Léonie.

– Je vais vous conduire en fiacre chez Nan-Nande. C'est une brave femme qui se fera tuer pour moi si je le lui demande. Lieutenant de Lange, vous garderez la boutique en m'attendant.

Il fit semblant de chercher quelque chose dans son placard pour nous laisser le temps à Léonie et moi de nous dire au revoir. Puis je la vis s'en aller, accrochée à son bras. *Léonie menue, modelée dans un nuage…* Comment allait-elle supporter ce qu'elle n'avait jamais connu ? Les ruelles puantes, les maisons louches, ce monde, qui était le mien, des pierreuses et des grinches. Je m'assis dans le fauteuil de mon père et je me pris la tête entre les mains. Nous en avions parfois plaisanté, elle et moi. Je lui disais que je l'engagerais dans la brigade, elle riait en me répondant qu'elle mettrait un pistolet sous son oreiller. Mais c'étaient des paroles d'enfant. Je m'en rendais compte à présent.

Quelques coups frappés à la porte me rappelèrent à mes fonctions de lieutenant. Sans doute était-ce quelque Parisien victime de quelque escroc. C'étaient mes seules fréquentations, les voleurs et les volés. Je fus donc très surpris de voir entrer, sabre au côté, et cliquetant de médailles, le général Sébastiani.

– Bonjour, mon général. Je suis désolé, monsieur Personne vient de partir.

– C'est vous que je viens voir. Plus exactement, que je viens chercher. On vous réclame au château.

Le général m'expliqua que le roi avait d'abord refusé une protection supplémentaire pour ses deux plus jeunes fils. Mais monsieur Thiers, ministre de l'Intérieur, avait eu connaissance d'une nouvelle conspiration visant à mettre sur le trône le petit-fils de Charles X, le jeune Henri V en exil en Angleterre. Les comploteurs, qui appartenaient aux meilleures familles de l'aristocratie, portaient parfois un œillet blanc à la boutonnière en signe de reconnaissance. Le préfet Gisquet avait réussi à infiltrer un traître dans leurs rangs.

– Il nous a appris que ces « œillets blancs », comme ils s'appellent entre eux, envisagent de s'attaquer au roi autant qu'à ses enfants. Voilà pourquoi Louis-Philippe accepte qu'un agent de la Sûreté accompagne ses fils à Henri-IV.

Et cet agent, c'était moi.

– Quand dois-je rendre me rendre au château ?

– Maintenant.

– Un instant, général. Je vais prévenir mon chef, dis-je en trempant une plume dans l'encrier.

J'écrivis :

Chef, je vous dézobéis par ordre supérieure du roi.
Je vai au chatau.

Lietenan Malo de Lange

Le général Sébastiani jeta un coup d'œil par-dessus mon épaule :

– Quelques leçons d'orthographe ne vous feront pas de tort, lieutenant.

13
Corneille m'embête, Chartres s'embête, je fais la bête, les grands embêtent Toto. – Et le tout est bien embêtant.

Nous arrivâmes à la nuit tombée aux Tuileries et je fus tout de suite conduit au salon où la famille royale passait la soirée. Pour moi, une soirée au salon, c'étaient deux vieilles demoiselles, mes tantes, jouant au whist avec l'abbé Pigrièche, tandis que le balancier de l'horloge égrenait des minutes interminables, tic, tac, tic, tac.

Ce soir-là, dans le salon royal, il y avait des princes et des ministres, des comtesses et des députés, des hommes d'affaires, des hommes d'Église, des têtes grises, des moustaches blondes, des officiers et des jeunes filles, et tous glissant sur le parquet comme des patineurs. Des dames cousant et tricotant se tenaient assises autour d'une table ronde et je reconnus parmi elles mon amie, madame Adélaïde, affreusement habillée de vert bouteille et de jaune canari.

Des éclats de voix me firent alors sursauter et j'aperçus un grand monsieur assez corpulent qui se démenait en parlant. Le général Sébastiani me prit par le bras et me chuchota :

– Venez que je vous présente au roi.

C'était ce gros bavard en habit brun et pantalon noir. Je crus qu'il allait continuer de parler aux messieurs qui se pressaient autour de lui et l'écoutaient respectueusement. Mais pas du tout. Dès qu'il remarqua ma présence aux côtés du général, il s'interrompit :

– Ah, très bien, Sébastiani, vous avez trouvé la personne. Deux mots en particulier, monsieur, je vous prie.

Il m'entraîna dans le fond du salon, faisant au passage un signe à une dame qui brodait. Je devinai qu'il s'agissait de sa femme, la reine Marie-Amélie. Elle me dévisagea intensément pendant deux secondes avant de me saluer gracieusement d'une inclination de la tête. Avec son long visage et son long cou, son teint pâle et ses yeux clairs, elle faisait penser à cette reine qui avait eu si peu de chance dans la vie, Marie-Antoinette…

– Je suis bien aise de vous voir, me dit le roi sur un ton amical. Je savais que vous étiez jeune, mais vous êtes presque un enfant ! Quel âge avez-vous donc ? Il est vrai que, comme dit ce bon vieux Corneille, « aux âmes bien nées, la valeur n'attend point le nombre des années ».

J'avais ouvert la bouche pour répondre, mais le roi enchaîna en me parlant d'un monsieur Racine :

– Vous devez être de mon avis ? « Corneille peint les hommes tels qu'ils devraient être, Racine les peint tels qu'ils sont. »

Le roi continua de m'abrutir en me citant tout un tas de gens dont je n'avais jamais entendu parler à la brigade, puis il revint à moi :

– Je sais tout ce que je vous dois, lieutenant de Lange. Je ne crains pas la mort, je vis avec le danger. La chasse au roi est ouverte toute l'année…

Il rit tout seul de sa plaisanterie, puis ajouta en baissant la voix :

– Mais mes enfants, c'est autre chose. Ce que je vous confie, c'est ce que j'ai de plus cher au monde. Vous êtes à peine plus âgé qu'Aumale, n'est-ce pas ?

J'ouvris la bouche, croyant encore qu'il s'agissait d'une question, mais sa majesté repartit dans son monologue et ne sut jamais que j'avais quinze ans.

– Je suis ravi d'avoir eu avec vous cette bonne conversation, dit-il en me quittant.

Je restai abasourdi jusqu'à ce qu'on me tirât par la manche :

– Monsieur de Lange, pst…

C'était Toto Montpensier, le visage plus coloré que l'autre jour.

– On s'embête ici, hein ? me glissa-t-il à l'oreille.

Je haussai les sourcils de surprise, et le petit crut sans doute que j'allais le gronder car il se dépêcha d'ajouter :

– C'est Chartres qui le dit !

Il me désigna son grand frère d'un mouvement de tête. C'était un blond et mince jeune homme en uniforme de hussard qui, pour le moment, passait le temps en balançant le cordon du rideau.

– Vous allez voir, ajouta le petit prince, il va se sauver sur la pointe des pieds avec Moumours.

En effet, Nemours, un garçon encore plus blond que son frère, se mit à lui faire des signaux comme nous en échangeons à la brigade, et bientôt tous deux s'éclipsèrent.

– Où vont-ils ? demandai-je à Toto.

– Sûrement se coucher avec un bon livre, me répondit mon jeune ami en guettant ma réaction.

– Et Aumale, il n'est pas au salon ?

– Il est allé au théâtre avec son précepteur. Il n'en a jamais assez d'apprendre, soupira Montpensier. Moi, ce que je voudrais savoir, c'est parler l'arguche comme vous.

Montpensier était très doué pour l'apprentissage des langues, il savait déjà l'anglais, l'allemand et un peu d'italien. Il se montra si bon élève qu'à la fin de la soirée j'aurais pu l'emmener prendre un glacis d'eau d'aff au Lapin Volant.

À dix heures, les dames rangèrent leurs ouvrages dans les tiroirs de la table ronde et se levèrent l'une après l'autre. Pour les invités, c'était le moment de prendre congé, et pour le roi, celui d'aller travailler aux affaires du royaume.

– Ce soir, vous logerez au château, me dit le général Sébastiani.

Dans la multitude des pièces qui composaient les Tuileries, on m'en trouva une, tout encombrée de vêtements.

On m'y dressa un lit de camp.

– À la guerre comme à la guerre, me dit le général. On vous réveillera demain à cinq heures. Bonne chance, lieutenant.

Le sommeil tarda à venir dans mon petit réduit. On y entendait toutes sortes de craquements, grincements, couinements.

Soudain, le bruit d'une respiration toute proche me força à rouvrir les yeux. Je savais déjà qui j'allais voir. C'est un rêve, pensai-je, le rêve où on rêve qu'on se réveille. L'enfant du Temple était là, il ressemblait tellement à Montpensier que j'eus l'espoir que c'était lui :

– Toto ?

Mais l'enfant portait les vêtements anciens qu'il avait sur le portrait.

– Veillez, me dit-il. Veillez, lieutenant, nous sommes en grand danger.

Ce fut un domestique qui me secoua par l'épaule au petit matin. Il posa près de moi un plateau sur lequel il y avait des choses que je n'avais jamais mangées, de la brioche et une tasse de chocolat chaud.

– Dites-moi, monsieur, demandai-je, savez-vous s'il y a des fantômes aux Tuileries ?

– Oh, il n'y a que ça. D'ailleurs, moi aussi, j'en suis un.

Il m'indiqua que je trouverais dans le cabinet de toilette voisin ma tunique de collégien et mon cartable. Je devais être prêt dans la demi-heure. Le général Sébastiani m'avait prévenu que je passerais aux yeux des autres pour un élève ordinaire. Rien ne devrait signaler mon appartenance à la Sûreté. Ma tunique étant très serrée, je glissai mon pistolet de poche dans mon cartable entre deux cahiers puis je vérifiai que mon poignard était bien lacé contre mon mollet.

Je fis la connaissance d'Aumale au pied du grand char à bancs bleu et jaune qui devait nous transporter au collège. Lui ne portait pas l'uniforme du collégien. Grand pour ses treize ans, il avait l'air distingué et lointain d'un gentleman anglais. Il me salua du bout des lèvres puis s'assit à côté de son précepteur, monsieur Cuvillier-Fleury, un homme encore jeune au grand front dégarni.

Montpensier s'assit à côté de son propre précepteur, monsieur Tenant de Latour, mais il passa tout le trajet, la tête dévissée de mon côté, et dans un état d'excitation que rien ne pouvait calmer. Ce fut le proviseur en personne qui vint nous accueillir. Je lui fus présenté comme le fils d'une amie de madame Adélaïde et je prétendis avoir treize ans.

– Vous serez donc dans la classe d'Aumale, me dit le proviseur au grand désespoir de Montpensier.

Je n'avais jamais vu de salle de classe de toute ma vie. Quand j'entrai, les élèves étaient déjà tous à leur pupitre, une soixantaine de garçons alignés sur trois rangées et mis deux par deux comme dans la chaîne des forçats.

– Debout, dit le professeur en faisant claquer sa règle sur le bureau.

– Assis, dit le proviseur. Jeunes gens, je vous présente votre nouveau camarade, monsieur de Lange.

Je vis quelques sourires moqueurs, j'entendis quelques chuchotements. Mon nom amusait. On me désigna une place située juste devant le bureau du professeur.

– Tenez, me dit monsieur de Rechinchat (c'était le nom du professeur), je vous prête mon Cicéron. Lisez-nous ce paragraphe du *De Amicitia.*

Je ne suis pas trop mauvais pour la lecture, sauf si les phrases ont des rallonges. Mais je m'aperçus au premier coup d'œil que ce monsieur Cicéron écrivait n'importe quoi.

– Eh bien, lisez, s'impatienta monsieur de Rechinchat.

Je fis la grimace et commençai :

– *Cum... hum... sa... saepe mmmulta* ?

J'interrogeai le professeur du regard.

– Mais enfin, allez plus vite, monsieur, nous n'allons pas y passer la matinée ! On dirait que vous n'avez jamais lu de latin de votre vie.

– Ah, c'est du latin ! Je me disais aussi que cela ne ressemblait à rien.

Quelques élèves se mirent à rire.

– Silence, messieurs ! s'écria Rechinchat en faisant claquer sa règle. Blaise Pascal a dit que qui veut faire l'ange fait la bête. Je vois, Lange, que vous faites la bête à merveille.

Cette fois, les rires se déchaînèrent. Je regardai autour de moi, un peu ahuri. Ce n'étaient que des momacques. Au pistolet, au couteau, à la boxe, à la savate, ils ne valaient rien. Et pourtant, ils se moquaient de moi !

– Monsieur, je ne sais pas d'où vous sortez, me fit le professeur sur un ton de pitié, mais je ne vais pas pouvoir vous garder dans mon cours. Vous devez redescendre en sixième.

Je le regardai, encore plus ahuri. C'était un maigrichon que je pouvais envoyer dans le mur d'une taloche. Malheureusement, je n'étais pas chez Papa Guillotin.

– Baudelaire, accompagnez ce garçon chez monsieur Barbote.

Un élève au teint blafard de petit Parisien et à l'air sournois quitta son banc dans le fond de la classe. Il me fit arpenter de longs couloirs sombres et puants qui me rappelèrent la prison de Bicêtre.

– Tu dois être meilleur aux barres qu'en version latine, me dit Baudelaire au moment de nous séparer. Je te prendrai dans mon équipe.

Il frappa du poing à une porte puis se sauva quand retentit le « Entrez ! » de l'autre côté.

J'entrai donc chez les petits, mais comme ils étaient au moins soixante, je n'aperçus pas tout de suite Montpensier.

– Vous êtes le nouveau ? s'enquit monsieur Barbote, qui avait une voix ridiculement haut perchée. Je vous croyais chez monsieur de Rechinchat. Dépêchez-vous de vous installer à cette place. Nous étions dans *Le Cid*. Et tenez, puisque vous êtes debout, profitez-en pour nous dire ce que vous savez de Corneille.

Entre autres qualités, j'ai une mémoire remarquable :

– Corneille ? Il peint les hommes tels qu'ils devraient être et Racine les peint tels qu'ils sont.

Monsieur Barbote marqua un temps de surprise.

– Hum… oui, en effet. C'est une belle phrase de La Bruyère.

– Non, c'est de Louis-Philippe.

Les petits se mirent à glousser, et je vis Barbote devenir tout rouge. J'appris à la récréation suivante que c'était un professeur qui se faisait souvent chahuter.

– Ah, monsieur aime plaisanter, fit-il, le ton aigre. Eh bien, vous me ferez cent lignes.

Les poings commençaient à me démanger. Un bon direct dans le nez et je lui faisais gicler le raisiné*, à ce bouffeur de Corneille. Il dut voir quelque chose dans mes yeux, car il se dépêcha de retourner à ses affaires.

Pendant toute une heure, il lut des morceaux de son livre à haute voix. Ce n'était guère mieux que du latin, Barbote appelait cela des alexandrins. De temps en temps, il soupirait, en cherchant je ne sais quoi au plafond :

– Ah, messieurs, voyez comme c'est admirable !

Mais à part les mouches, on ne voyait rien.

– « Cette obscure clarté qui tombe des étoiles »…

* le sang

N'est-ce pas admirable ? Lange, au lieu de rêvasser, dites-nous si vous avez reconnu cette figure de style.

Je le regardai, les yeux ronds :

– La figure de qui ?

Ce fut une explosion de joie dans la salle. La colère souleva Barbote de son siège.

– En retenue, monsieur, en retenue, dimanche ! Et je veux faire savoir votre comportement à votre père, à monsieur le proviseur, à…

– Au roi, si vous voulez.

Barbote se laissa retomber sur sa chaise.

Un roulement de tambour montant de la cour nous annonça l'heure de la récréation. Tandis que les petits, me jetant au passage un regard craintif, s'élançaient vers l'escalier, je sentis une main qui se glissait dans la mienne :

– Vous êtes comme le Cid, me souffla Montpensier. Vous portez « sur le front une mâle assurance » !

– Peut-être, dis-je, mais tout cela est bien embêtant. Allons jouer ! Baudelaire m'a promis une place dans son équipe.

Hélas, Tenant de Latour nous arrêta au pied de l'escalier. Toto devait prendre un cours particulier.

– Le pauvre petit ! m'exclamai-je, indigné. Il est

resté assis des heures à écouter des sornettes. Il va tomber malade.

– Oh, oui, pitié, pitié ! fit Toto en joignant les mains. Je sais par cœur mes déclinaisons.

Il se mit à réciter à toute vitesse :

– *Civis, civis, civem, civis, civi, cive…*

– C'est bon, c'est bon, grommela son précepteur, qui était brave garçon. Mais il est sous votre responsabilité pendant la récréation, monsieur de Lange.

Baudelaire avait tenu parole. Avec d'autres collégiens de son âge, il m'attendait devant les cabinets. Il jeta un regard méfiant à Montpensier :

– Le Petit-Sa-Majesté joue avec nous ?

– Il s'appelle Toto, répondis-je, et il est avec moi. Comment joue-t-on à ton jeu ?

– Quoi ? fit Baudelaire, avec un peu de pitié dans la voix comme monsieur de Rechinchat, tu n'as jamais joué aux barres ?

– J'ai joué à d'autres jeux, dont tu n'as pas idée.

– Tu es un drôle de pistolet, s'amusa le jeune Baudelaire.

– Il en a même un dans son cartable ! s'écria Montpensier.

– Tais ta gueule, Toto.

Pour mes lectrices, qui n'ont sûrement jamais joué aux barres à leur pensionnat, je vais rappeler quelques règles du jeu. On sépare le terrain en deux par une ligne tracée à la craie. Il y a une dizaine de joueurs dans chaque camp et le but est de faire prisonniers les joueurs de l'équipe opposée.

– Alors, voilà, c'est moi qui donne la soupe, m'expliqua Baudelaire.

Il tapa trois fois dans la main d'un collégien du camp opposé en prononçant une sorte de formule magique : « Barre, baron, barrette. » À la troisième tape, il se sauva, poursuivi par son ennemi.

– L'autre va essayer de le toucher pour en faire un prisonnier, m'expliqua Toto.

– Pris ! hurla le poursuivant.

Baudelaire fut emmené en prison dans le camp adverse. Toto ne tarda pas à le rejoindre et dut lui donner la main pour faire la chaîne.

– Délivre-moi ! me lança-t-il.

Il suffisait de toucher la main d'un prisonnier pour libérer toute la chaîne. Ce que je fis, parce que personne ne courait aussi vite que moi et que j'avais une sacrée envie de délivrer tous ces forçats.

– Je me doutais que tu étais fort, me complimenta Baudelaire. Alors, comment trouves-tu ce jeu ?

– Cela me va. C'est moitié grinche, moitié cogne.

Je vis au regard de Baudelaire qu'il ne parlait pas ce latin-là.

– Allons, me dit-il, c'est à toi de donner la soupe !

Mais les choses se gâtèrent peu à peu. Montpensier n'avait jamais été mêlé aux autres à l'heure de la récréation. Les grands commencèrent à l'appeler Toto comme je faisais, puis à le tutoyer, puis à le rudoyer. Ils étaient contents de pouvoir bousculer un Petit-Sa-Majesté. L'un d'eux lui tordit le bras dans le dos pour l'emmener en prison et Toto, bravement, se mordit les lèvres pour ne pas crier.

Je me promis de lui apprendre quelques petites choses utiles, comme la gifle qui déchire les tympans ou le coup de genou dans les parties. La récréation prit fin avant que je ne sois obligé de venir régler les comptes de Montpensier.

– On s'est amusés, hein ? me dit-il en refoulant ses larmes.

Je lui passai le bras autour de l'épaule :

– Oui, c'était amusant. Et tu as porté sur le front une mâle assurance.

14
Je décline encore plus vite que l'Empire romain et j'en perds mon latin.

Je pus mieux observer Aumale pendant le repas au réfectoire. Nous étions à une table à l'écart, les deux frères, les deux précepteurs et moi-même. Notre nourriture était celle de tous les collégiens, mais nous étions servis dans la vaisselle du château avec des dorures et de l'argenterie.

– J'espère que vous ne vous êtes pas senti blessé par Rechinchat, me dit Aumale avec un léger sourire. C'est un homme qui aime humilier.

Je le regardai de travers, me demandant s'il ne partageait pas ce goût avec son professeur.

– C'est une grande chance pour un enfant du peuple de recevoir la même instruction que les fils de son roi, me fit remarquer Cuvillier-Fleury en m'honorant, lui aussi, d'un pâle sourire.

Puis Aumale et son précepteur discutèrent des exploits de Bayard et Du Guesclin, deux gars d'autrefois, dont mon père n'aurait même pas voulu à la brigade.

Après le repas, les collégiens avaient une nouvelle récréation. Mais cette fois-ci, monsieur Tenant de Latour ne se laissa pas attendrir : Montpensier devait réviser ses déclinaisons. Nous allâmes donc dans le salon que le proviseur mettait à la disposition de la famille royale.

– *Templum, templum, templum, templi, templo, templo,* chantonna Toto.

Je sentis que mon esprit se séparait de mon corps et allait rejoindre Léonie. *Templa, templa, templa,* était-elle chez Nan-Nande, *templorum, templis, templis,* et pensait-elle à moi ?

– Monsieur, monsieur !

Je portai la main à mon mollet, là où mon couteau était attaché. Mais ce n'était que Tenant de Latour qui me secouait par l'épaule.

– La classe reprend… C'est rassurant de savoir que vous veillez sur les princes.

Je m'étais endormi. Même ce brave garçon de Latour se moquait de moi.

– Nous avons latin avec monsieur Limousin, m'informa Toto.

– Nom d'unch, marmonnai-je, ils ne font que ça toute la journée.

Monsieur Limousin ne connaissait pas Cicéron, il se contentait de faire chantonner en chœur ses petits élèves : *templum, templum, templum*... Cela faisait un bruit assourdissant et c'était assez drôle à regarder.

– Monsieur, oui, vous, le nouveau avec votre air d'ahuri ! m'interpella monsieur Limousin. Je ne vous ai pas entendu réciter la troisième déclinaison avec vos camarades. Allez-y : *civis*...

Avec une certaine confiance, je me mis à chantonner :

– *Sivisse, sivisse, sivi, sivibous, sivioum, sivé, sivem*...

– Mais qu'est-ce que vous faites ? s'exclama le professeur, horrifié.

– Ben, je décline.

– Vous me mettez l'ablatif avant l'accusatif, *cive* avant *civem*...

– Mais qu'est-ce que j'en sais, moi, de votre sivé de latin !

Ce fut l'émeute, la révolution ! J'avais fait un malheureux jeu de mots, j'avais répondu au maître sur un ton insolent ! Je crus que Limousin allait avoir une attaque d'apoplexie.

On fit venir un surveillant, on me mit aux arrêts. J'étais un criminel. Du reste, ma réputation était établie. J'étais un récidiviste. Toto voulut prendre ma défense :

– Il n'a jamais appris le latin !

– Montpensier, vous me ferez cent lignes !

Pendant que tout ce petit monde entrait en ébullition, j'avais eu le temps de glisser mon pistolet de poche sous ma tunique, car je devais abandonner mon cartable.

– Ça alors ! dis-je au surveillant chargé de m'escorter, vous avez un cachemite dans votre carruche* !

Le cachot était une petite pièce toute nue et sans fenêtre, dans laquelle on emprisonnait pour la journée les collégiens indisciplinés. Dès que le surveillant, après m'avoir enfermé à clé, se fut éloigné, je sortis le rossignol de ma poche et je forçai la serrure.

Je décidai de profiter de ma liberté retrouvée pour inspecter les lieux. Le collège était un labyrinthe de couloirs et d'escaliers. Je reconnus le salon

* Vous avez un cachot dans votre prison !

où les princes avaient révisé leurs leçons. C'était une pièce qui appartenait aux appartements privés du proviseur. Voilà pourquoi j'entendis soudain sa voix de l'autre côté de la cloison :

– Entrez, entrez, cher monsieur. Vous honorez ma demeure en m'y rendant visite !

Il recevait quelqu'un, peut-être un parent d'élève, en tout cas, quelqu'un d'important, à en juger par son ton mielleux.

– Vous êtes bien aimable, répondit le visiteur. Mais vous recevez des gens plus importants que moi !

Il me sembla que je connaissais cette voix. La porte du bureau se referma, et je n'eus que le temps d'entendre le proviseur répondre :

– Vous voulez parler des jeunes princes ?

Je ne sais pourquoi, cet échange m'inquiéta. Qui était ce visiteur ? Pourquoi avait-il tout de suite mis la conversation sur les fils de Louis-Philippe ? Il fallait que je le voie au moment où il sortirait du bureau.

Je choisis donc une cachette derrière des doubles-rideaux et, avec l'endurance d'un agent de la Sûreté, j'attendis sans bouger ni mains ni pieds. Enfin, la porte se rouvrit et j'entendis la voix mielleuse du proviseur :

– À dimanche, cher monsieur. Ma femme sera ravie de faire votre connaissance.

En entrebâillant les rideaux, je pus apercevoir le visiteur au moment où il s'inclinait pour saluer son hôte. C'était Côme de la Trimbaldière et il portait un œillet blanc à sa boutonnière !

En me sauvant par les couloirs, je croisai le surveillant qui m'avait emprisonné. Il eut un sursaut en me reconnaissant, et je me dépêchai de le rassurer :

– La lourde n'est pas cassée. Juste la serrante*.

Les jeunes princes ne restaient pas à l'étude du soir comme leurs camarades, mais on ne leur rendait pas la liberté. Aumale devait assister à la leçon d'histoire que monsieur Michelet donnait aux Tuileries. Pendant ce temps, Montpensier aurait un cours particulier de mathématiques.

– J'ai mal à la tête, gémit-il, une fois qu'il eut grimpé dans le char à bancs.

– Quand Blaise Pascal avait des migraines, il se distrayait de la douleur en faisant des problèmes, lui répondit Cuvillier-Fleury.

– Il nous embête, celui-là, marmonna Toto.

* La porte n'est pas cassée. Juste la serrure.

– Que dites-vous, Montpensier ? lui demanda son précepteur.

– Je dis que je veux mourir.

Il y eut un silence dans la carriole.

– Et puis Limousin m'a donné cent lignes, mais ce n'était pas ma faute !

Montpensier, si courageux quand il se faisait bousculer par les grands au jeu de barres, éclata en sanglots.

– Monsieur de Latour, pourriez-vous ne pas marquer cette punition dans le cahier ? demanda Aumale.

Les précepteurs faisaient tous les jours un rapport sur le travail et la conduite des deux frères et, chaque soir, les princes devaient faire signer leur cahier par Maman-Reine, comme ils l'appelaient. Latour ne répondit rien, et qui ne dit mot consent, comme disait le sourd au muet qui ne l'entendait pas de cette oreille. Restait à écrire les cent lignes sans que personne ne le remarque.

– Je te les ferai pendant la leçon de monsieur Michelet, chuchota Aumale à son cadet. Il croira que je prends des notes.

Aumale fit un bond dans mon estime. Quelqu'un qui ment et qui triche ne peut pas être entièrement mauvais.

Une fois aux Tuileries, j'aurais voulu parler au général Sébastiani et le mettre en garde contre Trimbaldière. Mais Montpensier ne m'en donna pas le temps. Dès qu'il fut dans la salle d'études du château, il eut un évanouissement qui me fit peur. On l'allongea sur un divan. Il était très blanc avec de grands cernes lilas sous les yeux. Madame Adélaïde arriva tout de suite et s'emporta contre Louis-Philippe :

– Mon frère n'est pas raisonnable ! Il dit que, pour se faire pardonner d'être prince, il faut en faire plus que les autres. Mais cet enfant s'épuise !

Montpensier fut dispensé de mathématiques, et sa tante me pria de lui tenir compagnie jusqu'à l'heure du dîner. J'espérais à ce moment-là pouvoir filer en ville retrouver mon père, Léonie, Gaby, etc. Pour distraire Toto de sa migraine, je lui expliquai quelques mouvements de savate, je lui montrai mon poignard et mon rossignol, et je le laissai jouer avec mon pistolet. Il retrouva des couleurs. À dix-huit heures, son valet de chambre vint le chercher pour le dîner.

– Monsieur ne peut pas rester dans cette tenue, dit-il en me regardant.

J'avais encore ma tunique de collégien.

– C'est que… je ne suis pas invité, balbutiai-je.

Mais on m'attendait à la table du roi.

Quelques instants plus tard, j'étais assis devant une assiette de potage entre Aumale et Montpensier. Toto regardait avec envie ses grands frères à l'autre bout de la table. Chartres et Nemours allaient dans quelques jours rejoindre l'armée, Joinville devait bientôt s'embarquer sur un voilier. Madame Adélaïde et la reine Marie-Amélie parlaient entre elles de Louise, la sœur aînée, mariée au roi des Belges et qui venait d'avoir un bébé. Il restait encore deux sœurs à marier, de vingt-deux et dix-huit ans, Marie la blonde et Clémentine la brune. Un siège était inoccupé. Louis-Philippe vint s'y asseoir au milieu du dîner, il me jeta un regard un peu perplexe avant de me saluer. Moi non plus, je ne savais pas ce que je faisais là.

J'aurais voulu m'éclipser à la fin du repas, mais ce soir-là, on donnait *L'élixir d'amour* en concert aux Tuileries, et Montpensier me supplia de rester. Des messieurs et des dames chantèrent en italien pendant une éternité, les mains serrées sur le cœur et cherchant, comme monsieur Barbote, quelque chose d'admirable qui devait se trouver au plafond. Par chance, ma formation d'agent de la Sûreté m'a appris comment dormir sur une chaise en gardant les yeux ouverts. À onze heures, j'étais de nouveau dans mon réduit, la tête farcie de latin, d'italien et d'alexandrins.

Après m'être longtemps tourné et retourné sur mon lit de camp, je compris que le sommeil ne viendrait pas. Il fallait que je retrouve les rues de Paris, le Lapin Volant, tout ce qui faisait ma vie. Tant pis pour Toto et vive la liberté ! Je rallumai ma bougie et me rhabillai à la hâte de vêtements noirs et passe-muraille pour échapper aux sentinelles. Je savais qu'il y avait une issue mal gardée mais, pour y accéder, il fallait traverser la partie inhabitée du pavillon de Flore, toute une succession de pièces froides et humides, laissées à l'abandon.

Je quittai ma chambre et avançai dans un couloir, poussai une porte, me pris les pieds dans un meuble, traversai un salon, encore un couloir, encore un salon… Parfois, j'entendais dans le lointain des éclats de voix ou des portes claquées. C'étaient les derniers invités de madame Adélaïde qui s'en allaient. Soudain, ce fut le silence complet, comme si toute vie s'était retirée.

J'étais arrivé devant un grand escalier de pierre. Si je descendais d'un étage, je me retrouverais à une des sorties des Tuileries. La flamme de ma bougie vacilla dans un courant d'air. C'était le vent du dehors qui me parvenait. Je descendis plusieurs marches tandis que la flamme sautillait. L'escalier faisait une boucle, et comme je tournais, j'aperçus – ou je crus apercevoir – dans un renfoncement du mur, immobile comme une statue, un petit garçon. On eût dit Montpensier. Mais ce n'était pas Montpensier. Et ma bougie s'éteignit.

Je restai quelques secondes incapable de bouger. Qu'est-ce que j'avais vu ? J'ouvris la bouche, voulant demander : « Qui est là ? » Mais aucun son ne sortit. Je ne pouvais pas continuer ma descente, je n'aurais pas le courage de passer devant… devant quoi ?

Je fis donc demi-tour et, me tenant au mur, je remontai dans le noir, butant contre les marches, finissant même à quatre pattes. Une fois à l'étage, je fis le chemin en sens inverse jusqu'à mon réduit, les mains en avant, frissonnant à l'idée de rencontrer Dieu sait quoi. Enfin, je me jetai tout habillé sur mon lit de camp, la face dans l'oreiller.

Cette fois, je n'avais pas rêvé et je n'étais pas drogué. Avais-je pris une statue dans une niche pour une personne réelle ? La vision avait été si courte et ma terreur si forte que j'avais pu me tromper. Était-ce un enfant qui se tenait là ? Était-ce celui du portrait ?

Et dans ce cas, que faisait-il dans l'escalier ? La réponse s'imposa d'elle-même. Qu'il existât ou non, cet enfant m'avait empêché de quitter les Tuileries.

15

Pouvoirs surnaturels et avertissement du destin.

Nous étions jeudi, et le jeudi est le jour où les enfants ne vont pas à l'école. Je croyais que nous allions jouer aux barres, parler arguche et nous raconter nos vies, Toto et moi. Erreur ! Louis-Philippe prétendait que les jours de congé servaient à faire tout ce qu'on n'avait pas le temps de faire le restant de la semaine.

– Quand papa avait mon âge, m'expliqua Montpensier, sa gouvernante l'obligeait à porter des semelles de plomb et à monter des escaliers avec une hotte pleine de pierres sur le dos. Alors, il trouve que nous sommes des enfants gâtés...

Ce jeudi matin, j'accompagnai Toto à sa leçon d'équitation au Cirque olympique. On lui apprit à faire de la voltige, debout sur son cheval. Puis il eut sa leçon de sabre, son cours de valse, et il alla nager à la piscine Deligny avec Aumale.

Ce qui me permit de constater dans l'ordre que : je ne savais pas monter à cheval, je ne savais pas tirer l'épée, je ne savais pas danser et je ne savais pas nager.

– Mais tu peux apprendre, me dit Toto, pensant me consoler.

– Je n'aime pas apprendre.

– Tu es vraiment le contraire d'Aumale. Lui, il veut tout savoir. En ce moment, il apprend *L'Énéide* par cœur. Et en latin.

Je ne tenais pas à savoir ce qu'étaient les néides et je répliquai :

– Il y a des choses plus importantes que ton latin.

– Comme quoi ?

– Comme… heu… scier une femme en deux et s'enfoncer un clou dans l'œil.

L'admiration de Montpensier pour ma personne ne connut plus de bornes :

– Tu sais faire cela ?

– Hum… pas encore. C'est l'inimitable Wizzard qui y arrive. Si je retourne le voir, je percerai ses secrets.

Me souvenant de ce que mon père m'avait

raconté, j'expliquai à Toto le tour du canari mort et ressuscité.

– Mais c'est horrible ! se récria le petit. Et tu crois que l'inimitable Wizzard tue aussi une femme tous les soirs ?

Sa naïveté me fit rire, puis je pensai avec un frisson qu'il y avait tout de même quelqu'un qui arrachait le cœur des chiens.

Après notre conversation, Montpensier n'eut plus qu'une idée en tête : aller avec moi au théâtre du Palais-Royal. Il en parla à sa tante, qui avait eu la chance de voir le magicien et qui en gardait un souvenir émerveillé.

– Travaille bien et je t'y emmènerai samedi, lui promit-elle.

Nous faisions, Toto et moi, des progrès au collège. Je commençais à savoir décliner deux ou trois petites choses et, au jeu de barres, Montpensier donna un coup de genou où il fallait à un grand qui l'embêtait.

Le vendredi soir, j'étais dans mon réduit, songeant à Léonie, quand on frappa à ma porte. J'en eus la chair de poule, car je n'attendais personne.

Mais comme les fantômes, généralement, traversent les portes sans se faire annoncer, je repris courage et dis « entrez » d'une voix assez ferme. C'était le général Sébastiani au grand complet, avec sabre et breloques.

– Oh, général, il faut que vous sachiez ! Trimbaldière ! Il a l'œillet à la boutonnière.

Une fois qu'il eut compris ce que je lui disais, le général resta un moment méditatif.

– Tant qu'il n'a rien fait, dit-il enfin, nous ne pouvons pas l'arrêter.

– Mais Trimbaldière est un ami du proviseur. Il faut peut-être retirer les princes du collège ?

– Louis-Philippe refusera.

Je soupirai. Je n'en avais pas fini avec les *templum templa*.

– Avez-vous déjà entendu dire que les Tuileries étaient hantées ? demandai-je au général au moment où il allait me quitter.

– Avec tout ce qui s'est passé entre ces murs, ce ne serait pas étonnant, me répondit gaiement le général. Pourquoi ? Il y a un fantôme qui est venu vous tirer par les pieds ?

Je me forçai à rire :

– Non. C'est cet idiot de valet de chambre qui

prétend qu'il y a un petit garçon qui se promène la nuit dans les escaliers.

– Un petit garçon, répéta le général sur un ton moins enjoué. Tiens, c'est curieux.

Avant de refermer la porte derrière lui, il répéta : « C'est curieux » et oublia de me souhaiter bonne nuit.

Le samedi, madame Adélaïde se fit belle pour aller au théâtre en mettant une robe lie-de-vin, assortie à la couleur de son nez. Moi, j'aurais aimé que le spectateur qui avait jeté un regard méprisant sur son pauvre petit voisin me vît ce soir-là, vêtu d'un pantalon blanc et d'une veste de velours bleu. Montpensier et sa tante étaient escortés par une demi-douzaine d'officiers. Je ne servais donc à rien. Mais Toto me tenait par la main et j'entendais des gens dans la salle prétendre que j'étais Aumale. La confusion était possible, car je suis blond avec des yeux bleus, des traits fins et un air distingué (quand je veux).

Une grande et grosse dame, qui m'avait regardé sous le nez, voulut s'asseoir devant nous. Le propriétaire du théâtre, le marquis Victor de Montval, se précipita vers elle et l'entraîna vers les rangées du fond pour nous dégager la vue. Je me fis cette réflexion bizarre que, si maman avait vécu, elle serait peut-être devenue, elle aussi, une grosse dame qui dérange.

Une clochette tinta et le rideau se leva sur le décor que je connaissais.

Le magicien entra en scène et nous récita son petit compliment de bienvenue :

– Très chers spectateurs, votre aimable compagnie fait que ma salle est pleine et ma caisse garnie. Et par ce double plaisir que vous m'accordez, d'enchanteur que j'étais, je deviens enchanté…

Il me parut plus élégant et malicieux que jamais, sortant de nulle part des bonbons, des fleurs, des éventails, qu'il s'amusait à lancer aux spectateurs avec des gestes d'une extrême précision.

– À moi, à moi ! s'écria Montpensier, faisant rire l'assistance.

Je crois qu'il n'avait pas souvent le droit de manger des bonbons. Il attrapa au vol un petit cornet de pastilles de chocolat.

Wizzard avait enrichi son spectacle avec des automates qui chantaient, faisaient du trapèze, préparaient des gâteaux. Mais il y avait toujours la femme sciée en deux, la suspension à l'éther, l'enfant transporté, le carton fantastique. Montpensier trépignait de plaisir. À l'entracte, il était rouge comme un coq et il me raconta les tours du magicien comme si je ne les avais pas vus.

Quand le spectacle fut terminé, il demanda à sa tante la permission d'aller remercier l'inimitable Wizzard en coulisse. La grosse dame à l'incorrigible curiosité s'était de nouveau approchée de nous, et je l'entendis derrière moi qui disait :

– Mon Dieu, que j'ai ri pendant le spectacle ! J'en avais mal aux côtes. MALO… côtes !

Je sursautai et tournai les yeux du côté où j'avais cru entendre mon nom. La grosse dame… Papa ! Il porta la main à son épaule et, avec l'index et le pouce, il dessina dans l'air la forme d'un zéro, ce qui signifie dans le langage muet de la brigade que tout va bien, qu'il n'y a pas de danger.

C'était sa manière de me rassurer au sujet de Léonie.

– Malo, viens-tu ? m'appela Montpensier.

Je m'éloignai avec mon escorte, assez fier tout de même que mon père m'ait vu habillé comme le fils du roi.

Wizzard nous attendait dans sa loge en compagnie du propriétaire du théâtre. Après les compliments, Toto ne put s'empêcher de regretter :

– Vous n'avez pas fait le tour du clou dans l'œil.

– Figurez-vous, prince, que j'y ai renoncé le jour où, croyant distraire des amis, je me suis enfoncé un clou dans l'œil et j'ai fait s'évanouir deux charmantes jeunes filles…

Wizzard proposa néanmoins de faire ce tour si on le laissait s'absenter un moment pour qu'il aille chercher le clou. Il revint bientôt et demanda à ce qu'on fît cercle autour de lui.

– Prince, mesdames, messieurs, je vais vous donner la preuve de mes pouvoirs surnaturels et exécuter devant vous le fameux tour du clou dans l'œil, tel qu'il me fut enseigné par un Arabe aïssaoua, qui dormait sur le tranchant d'un sabre et se nourrissait de verre pilé.

Quelques rires accueillirent cette déclaration, mais le silence s'établit dès que le magicien brandit un clou argenté d'environ deux centimètres.

– Ce clou… Non seulement je peux l'enfoncer dans mon œil droit…

Ce qu'il fit, provoquant quelques petits cris, vite étouffés.

– … mais je peux aussi le faire voyager d'un œil à l'autre en appuyant comme ceci à la naissance du nez.

Il sortit le clou de l'œil gauche en pressant sur la chair du bout du doigt et le montra à la ronde.

– Puisque vous doutez peut-être encore de mes pouvoirs, j'enfonce de nouveau le clou, je le fais voyager et...

Wizzard récupéra le clou en pressant l'œil droit à la racine du nez et s'inclina sous les applaudissements.

– Comment faites-vous ? l'interrogea un officier. Vous escamotez le clou au lieu de l'enfoncer ?

– Je vois que j'ai affaire à un sceptique, s'amusa le magicien. Ce tour se réalise pourtant sans trucage. Il y a un endroit insensible dans le coin de l'œil, près du réservoir lacrymal, entre la paupière inférieure et le globe oculaire. Bien sûr, je ne fais pas voyager le clou. Quand je me suis absenté, c'était pour préparer mon tour en mettant à l'avance un clou dans l'œil gauche.

– Si vous dites vrai, remarquai-je, ce clou doit toujours s'y trouver.

– Bien observé, jeune homme, me répliqua le magicien, qui pressa le coin de son œil gauche et en sortit un clou.

Puis, sur un ton de fausse gravité, il supplia Montpensier de ne pas chercher à l'imiter, une fois de retour aux Tuileries.

– Oh non, j'aimerais bien mieux tenir en l'air comme Ernest ou disparaître quand on tire un coup de pistolet !

Les officiers rirent de l'enthousiasme de leur prince, mais madame Adélaïde jugea que la séance avait assez duré. Wizzard s'inclina devant l'assistance :

– Spectateurs d'aujourd'hui, venez encore demain. Venez, je vous prépare un autre tour… de main.

Il fit un gracieux tourniquet du poignet et tira du néant un œillet rouge qu'il offrit à madame Adélaïde.

– Mon plus grand bonheur serait de me produire devant mon roi, murmura-t-il, gardant par respect la tête baissée.

– Oh oui, quelle bonne idée ! s'écria Montpensier.

Quand je revins aux Tuileries à onze heures passées, je trouvai ma chandelle allumée et Sébastiani assis sur mon lit. Il avait l'air contrarié.

– Général, que se passe-t-il ?

– Vous m'avez menti. J'ai interrogé votre valet de chambre. Il n'a vu aucun petit garçon dans l'escalier.

– Je sais bien. C'est moi qui l'ai vu…

Je fis le récit de ce qui s'était passé et Sébastiani ne me fit même pas remarquer que j'avais tenté de déserter. C'était le petit garçon qui le souciait.

– À quoi ressemblait-il ?

– J'ai cru que c'était Montpensier. Mais ce n'était pas lui.

Cette précision accabla le général dont je vis les épaules fléchir. Lui qui avait été frôlé dix fois par un boulet sur les champs de bataille, il avait peur de quelque chose qui n'existait pas.

– Je devrais vous rire au nez, me dit-il, le ton lugubre. Mais j'ai déjà entendu parler de ce petit garçon dans l'escalier. En fait, c'était une des histoires favorites de mon père, qui aimait beaucoup parler de fantômes.

Voilà d'où venait sa peur. Son père devait s'amuser à le terroriser quand il était enfant avec toutes sortes d'histoires de revenant.

L'histoire du petit garçon dans l'escalier disait ceci : le 12 février 1820, le frère du roi, le futur Charles X, fut éveillé en sursaut par ce qu'il crut être des pleurs d'enfant. Il se leva, quitta sa chambre, encore à demi endormi, et erra un moment dans le dédale du pavillon de Flore, le pavillon où j'étais logé.

– Et au détour d'un escalier, il vit un enfant…

L'angoisse noua la voix de ce brave soldat qu'était le général Sébastiani :

– Un enfant appuyé contre le mur, tenant une chandelle allumée.

– Et qu'est-ce que Charles X a fait ? demandai-je. Il lui a parlé ?

– Lui avez-vous parlé ?

– Heu… non, je me suis enfui.

– Eh bien, Charles X n'a pas été plus courageux que vous. Il est allé se recoucher et il a voulu se persuader qu'il avait rêvé… Le lendemain, on était le 13 février 1820.

– C'est normal, puisqu'on était dans la nuit du 12.

Le général me regarda avec surprise.

– Vous ne savez pas ce qui s'est passé le 13 février 1820 ? C'est vrai que vous étiez à peine né, reconnut-il. Eh bien, le 13 février, le fils de Charles X, le duc de Berry, était à l'opéra en compagnie de sa jeune femme, Caroline. Elle était enceinte depuis peu, et le duc, s'apercevant qu'elle était fatiguée, la raccompagna à l'entracte jusqu'à la porte de l'opéra, à l'angle de la rue Richelieu et de la rue de Louvois. Il était vingt-trois heures. Caroline monta dans sa voiture, le duc était encore en train de lui dire bonsoir quand un homme se jeta sur lui et lui plongea un couteau dans le côté. Ce fanatique s'appelait Louvel. Trois heures plus tard, le duc de Berry mourait. Mon père terminait toujours son histoire en disant que le petit garçon de l'escalier était un avertissement donné à la famille royale. Et qu'il reviendrait de temps en temps.

16
Trucs et trappes. – Le tour de l'enfant transporté. – Mes dernières pensées.

Le général Sébastiani m'avait demandé de garder pour moi cette histoire de fantôme et de ne pas inquiéter Montpensier, qui était très nerveux et sujet aux évanouissements. Notre vie de collégien se poursuivit donc comme auparavant, mais avec une nouvelle source d'amusement. L'inimitable Wizzard était devenu l'ami de madame Adélaïde, et tous deux avaient eu l'idée de préparer une surprise à Louis-Philippe : un spectacle de magie où Montpensier remplacerait Ernest pour le tour de l'enfant transporté.

Un jour de relâche du théâtre, le magicien nous fit monter tous deux sur sa scène et nous montra le fonctionnement de ce qu'il appelait un trappillon, une petite trappe qui s'ouvrait sans aucun bruit. En nous penchant au-dessus d'elle, nous vîmes à l'étage au-dessous un entassement de matelas. Je fus déçu par la simplicité de l'astuce. Ernest, une fois placé sous le gros gobelet, ouvrait la trappe et tombait sur les matelas sans se faire le moindre mal.

– Mais il est ligoté ! se récria Montpensier.

– Par un nœud spécial que nous appelons le nœud du brigand, qui se défait en un seul mouvement.

– Mais Ernest réapparaît à l'autre bout de la salle ! protesta Montpensier, qui espérait encore quelque phénomène extraordinaire.

– Sautez à l'étage inférieur, prince, vous allez comprendre.

Tenant de Latour voulut passer le premier, je le suivis, puis Toto, puis un officier, et enfin Wizzard, le tout au milieu d'éclats de rire à chaque nouvelle réception sur les matelas.

À cet étage, il y avait une échelle qui menait à une autre trappe, que le servant du magicien entrouvrait pendant le temps du tour. On se retrouvait alors derrière la porte d'entrée de la salle de spectacle.

– Pendant que je dis mon boniment sur la scène, expliqua Wizzard, Ernest se défait de ses liens, tombe sur les matelas, remonte par l'échelle. Au moment où je tire le coup de pistolet, il ouvre la porte de la salle. Le bruit de la détonation couvre celui de l'ouverture et surtout le regard des spectateurs reste posé sur moi. Je fais basculer le gobelet. Stupeur : l'enfant a disparu ! Ernest crie « ohé ! » du fond de la salle, tout le monde se tourne vers lui, et le tour est joué.

Mais tout reposait sur la vivacité du petit garçon et sur la fascination que le magicien exerçait sur son public.

– Voulez-vous que nous nous entraînions, prince ?

Toto, plein d'ardeur, prit quelques leçons et, bientôt, il sut défaire d'un mouvement le nœud de brigand, se relever prestement après sa chute sur les matelas, grimper à l'échelle et ouvrir la porte sans bruit.

La fin des classes approchait. Je savais que la famille royale s'en irait au château de Neuilly passer l'été. Aumale et Montpensier s'amuseraient avec leurs camarades à pêcher et canoter sur le fleuve, ils joueraient à colin-maillard, grimperaient sur les meules de foin, monteraient aux arbres fruitiers, construiraient des cabanes. Je retournerais à ma vie d'agent de la Sûreté, et Toto m'oublierait.

Quelques jours avant la distribution des prix, qui devait voir le triomphe d'Aumale en version latine et en thème grec, madame Adélaïde invita Louis-Philippe à une soirée de magie où Montpensier pourrait, lui aussi, récolter des applaudissements. Pour assurer la sécurité de la famille royale, toute la salle du Palais-Royal fut réservée. Madame Adélaïde fit venir ses amis, monsieur de Talleyrand, tout juste remis d'une crise de goutte, et le général Sébastiani. La reine arriva, entourée de ses dames d'honneur, de ses trois filles, Clémentine, Marie, et Louise venue tout exprès de Belgique, et de trois de ses fils, Joinville, Aumale et Montpensier. Le roi avait convié tout son Conseil des ministres à cette récréation. Le baron de Montval, aux anges, se démenait pour trouver une place à tous les officiers, parlementaires, ambassadeurs, en répétant : « C'est un no… un no… un honneur. »

– J'ai le cœur qui bat, me souffla Montpensier à l'oreille. J'espère que j'irai assez vite tout à l'heure !

La clochette tinta et le rideau se leva. Wizzard, malgré son grand sourire et ses manières élégantes, me parut moins à l'aise que d'ordinaire. Peut-être était-il intimidé ? Pour tout dire, il me faisait penser à ses automates. Les premiers tours se déroulèrent à la perfection, mais je m'ennuyais presque. Quand on connaît l'envers du décor, la magie s'évapore. Wizzard récoltait tout de même des cris de surprise et des éclats de rire. Au bout d'une heure de spectacle, il annonça le tour de l'enfant transporté et fit semblant de chercher un volontaire dans la salle.

– Moi, moi ! s'écria Montpensier en levant le doigt.

– Mon Dieu, quel… quel enthousiasme ! Voilà… voilà un jeune homme bien intrépide, balbutia le magicien.

Toto était déjà sur l'estrade, le feu aux joues, les yeux brillants, et l'assemblée, à la fois attendrie et amusée, l'encouragea de ses applaudissements.

– Mesdames, messieurs, vous allez voir un tour bien surprenant, un tour qui abolit la distance et le temps.

Tandis que Wizzard parlait d'une voix mal assurée, son fils Ernest apportait sur scène un gobelet noir plus haut que lui. Il était décoré d'étoiles argentées et de croissants d'or d'un goût clinquant, qui n'était pas celui de Wizzard habituellement. Montpensier était placé juste au-dessus du trappillon et riait nerveusement à tout ce que disait le magicien.

Il se laissa lier les mains et les pieds avec le fameux nœud du brigand. J'avais de plus en plus peur qu'il s'empêtre dans la corde ou se fasse mal en tombant. Quand il fut recouvert du gobelet noir, j'eus envie de crier : « Non, non, arrêtez ! » Des feux de Bengale rouges, fumant et crépitant, s'allumèrent alors de tous côtés comme par enchantement. Je compris que le magicien allongeait son tour pour donner plus de temps à Toto. Il prononça quelques formules magiques. Puis, au moment fatidique, il brandit son pistolet, et je vis tous les officiers assis devant moi se soulever de leur siège, prêts à bondir sur scène pour désarmer le terroriste. Mais Wizzard se contenta de tirer en l'air. D'un discret coup de pied, il fit basculer le gobelet. Bien sûr, Montpensier avait disparu.

Je tournai la tête vers le fond de la salle avant même d'avoir entendu le « ohé » de l'enfant. J'écarquillai les yeux pour percer la pénombre et il me sembla qu'il n'y avait personne devant la porte. Toto avait dû tomber de l'échelle. Le tour était raté.

– Notre jeune prince a pris le chemin des écoliers, tenta de plaisanter le magicien.

Quelques murmures s'élevèrent de l'assistance.

– Où est Montpensier ? fit soudain une forte voix.

C'était le roi.

– Mais… je ne comprends pas, balbutia Wizzard. Il devrait être au fond de la salle.

Sébastiani se dressa en hurlant :

– De la lumière !

Puis il ordonna aux officiers présents :

– Portez-vous aux issues !

Au milieu de l'affolement, je courus jusqu'à la scène et ouvris le trappillon. Le magicien voulut s'y jeter, mais il fut arrêté dans son mouvement par Sébastiani, qui m'avait suivi :

– Non, pas vous !

Il fit signe à un militaire :

– Emparez-vous de cet homme.

Je me penchai au-dessus de la trappe. Il aurait dû y avoir une petite lumière à l'étage inférieur. Or, tout était noir. Un officier approcha une lanterne au-dessus de l'orifice, ce qui me permit de constater que les matelas avaient été déplacés.

– Aidez-moi à descendre, demandai-je au militaire.

Il me tint à bout de bras au-dessus du vide puis me lâcha. Je ne me fis pas trop mal à l'arrivée. On me passa une lanterne et je remis en place les matelas pour que l'officier et Sébastiani me rejoignent.

J'avais eu un moment l'espoir de trouver Montpensier dans la pièce, blessé peut-être ou évanoui. Mais il n'y avait personne. Il flottait dans l'air une odeur étrange qui me prit à la gorge.

– Il a dû remonter par ici ? me demanda Sébastiani en me désignant l'échelle.

– Oui, il devait passer par la trappe.

L'officier était déjà remonté. Il appela Sébastiani :

– Venez voir, général, il y a un homme à terre !

C'était sans aucun doute le servant du magicien. Au moment où j'allais suivre le général, quelque chose m'arrêta au bas de l'escalier. Cette odeur. Je la connaissais. Je l'avais déjà sentie au théâtre. Et à la morgue. L'éther, l'éther éthylique dont Wizzard prétendait qu'il rendait plus léger que l'air.

– Vous venez ? m'appela Sébastiani.

– J'arrive !

Mais il me semblait entendre en moi la voix de mon père : « Réfléchis, bougre d'âne ! »

La lumière avait été éteinte, les matelas déplacés. Ce n'était pas Montpensier qui avait agi ainsi, mais l'homme qui l'avait attendu dans la pièce. « L'éther », murmurai-je. Le produit magique qui endormait les chiens, selon Zina.

– Eh bien, vous venez, lieutenant, s'impatienta Sébastiani, redescendant quelques marches. L'homme reprend connaissance. Nous allons l'interroger.

– Faites, général. Je fouille la pièce.

– Bah, vous ne trouverez rien ! Le prince est déjà loin. Un témoin a vu un homme et un enfant qui montaient dans un fiacre devant le théâtre.

Sébastiani me laissa, pensant que je perdais mon temps.

Je promenai la lanterne autour de moi. Montpensier avait été enlevé dans cet endroit. On lui avait fait respirer de l'éther pour l'endormir. Soudain, mon cœur s'arrêta dans ma poitrine. J'avais vu. Au fond de la pièce, sur le plancher, un chiffon blanc. Je m'agenouillai pour le ramasser. C'était en fait un morceau de chemise usée, semblable à la guenille oubliée dans le ventre du chien. Je reniflai l'odeur qui s'en dégageait tout en me demandant pourquoi ce chiffon imbibé de produit maléfique se trouvait là. Je relevai les yeux, j'étais devant une porte fermée. J'en tournai la poignée. Fermée à clé. J'eus la certitude que le ravisseur, emportant Montpensier endormi, était passé par là, et qu'il avait laissé tomber par mégarde ce tampon imbibé d'éther.

Même un soir de fête comme celui-là, même habillé comme le fils du roi, je n'avais pas oublié que j'étais un agent de la Sûreté. Dans la poche de ma veste de velours, j'avais gardé mon rossignol. La porte céda facilement. Elle donnait sur un palier. J'étais dans un escalier, l'escalier de service. En haut, il y avait les chambres des domestiques. En bas, c'était la cour intérieure qui séparait le 163 du 161 de la galerie Valois. Le 163 où était le théâtre, le 161 où avait vécu Caramel. Caramel qui connaissait Orson. Orson qui enlevait les chiens. Les chiens que le benk endormait à l'éther pour leur arracher le cœur. « Il veut faire la même chose sur des enfants », avait dit Zina. « Toto », murmurai-je, épouvanté.

J'étais dans la cour, tenant la lanterne d'une main tremblante. Le danger était là, tout près. Bougre d'âne, ne reste pas seul, va chercher de l'aide ! Ma dernière pensée fut de demander pourquoi quelqu'un faisait partir un feu de Bengale dans ma tête. Et je m'écroulai.

17

Entre la mort et la vie. – Le benk m'apparaît. – Une petite lumière au fond des Enfers.

J'étais mort et enterré. Une odeur de pourriture emplissait mes narines, j'avais de la terre entre les dents. Le plus contrariant était de souffrir, même mort. Une sensation de cuisson dans les bras, une pulsation douloureuse sous le crâne. M'avait-on enterré vivant ?

J'ouvris les paupières. Le noir le plus noir se colla à mes yeux. En remuant doucement la tête, je m'aperçus que ma joue frottait contre quelque chose de poudreux. Je n'étais pas dans un cercueil, mais couché sur le flanc à même la terre. J'aurais voulu palper ce qui m'entourait, mais je n'avais plus de mains, et c'est une complication dont je me serais passé, comme disait la servante sans mains au moine sans tête qui lui demandait à boire.

Je refermai les yeux, anéanti. « Mourir, mourir au plus vite », pensai-je. Ce furent des pleurs d'enfant qui me tirèrent de mon engourdissement.

– Toto ?

J'avais parlé. Ma voix venait de résonner.

– Toto, c'est toi ?

Les pleurs avaient cessé. Le petit était en train de mourir non loin de moi. Mais où étais-je ?

– Je suis allongé par terre, dis-je à voix haute.

Si je ne pouvais plus disposer de mes mains, c'est qu'elles étaient liées dans mon dos, et la corde entrait dans la chair de mes poignets.

– Mes jambes ne sont pas attachées.

Cela me faisait du bien de me parler.

– Est-ce que je peux m'asseoir ?

En prenant appui sur l'épaule puis sur le coude, je parvins à me redresser. Le vertige me saisit et il me sembla que je tombais dans un abîme sans fond comme dans certains rêves. C'était si effrayant que je fus tenté de me recoucher. Les pleurs d'enfant se firent entendre de nouveau.

– Toto ? Tu es là ?

Le vertige avait cessé, mais des coups martelaient ma tête. J'avais été assommé, emporté dans une cave, et hâtivement ligoté. Combien de temps s'était-il passé depuis que j'avais perdu connaissance ? Sans doute assez peu, parce que je n'avais ni faim ni soif. Je frottai la jambe droite contre le sol, ce qui me permit de vérifier que mon couteau n'était plus lacé contre mon mollet. Inutile de me faire d'autres illusions. On avait sûrement pris mon pistolet et mon rossignol.

Mais dans une cave, il y a parfois des objets tranchants. Il fallait que j'explore les alentours. Malheureusement, aucune lumière ne filtrait dans mon cachot. Je me relevai et, en tâtant le sol du pied, je finis par trouver ce que j'espérais. Une bouteille vide se mit à rouler sous ma chaussure. Je la ramassai entre mes mains liées et la cassai en la heurtant contre le mur. J'entrepris alors de couper mes liens avec le bord tranchant du tesson. Je commençai par entailler maladroitement le gras de ma paume droite, ce qui me fit me ressouvenir de Zina. Où en étais-je sur ma ligne de vie ? Fais attention à ce que tu fais, et à rien d'autre, me grondai-je moi-même.

Un premier lien céda et je pus facilement libérer mes poignets. Je me relevai et explorai les lieux à l'aveuglette. Je fus très surpris en arrivant à la porte de la cave de constater qu'elle n'était pas fermée. Je posai la main sur le mur de pierres inégales et j'arpentai ainsi le couloir à l'aveuglette. Soudain, ma main rencontra une autre porte de bois, celle-ci fermée avec une chaîne et un cadenas. Je m'apprêtais à passer mon chemin quand des pleurs me figèrent sur place.

– Maman, gémit une petite voix.

– Toto, tu es là ?

Silence.

– Toto, c'est moi, Malo, réponds-moi !

Des sanglots éclatèrent de l'autre côté de la porte.

– Chut, chut, calme-toi, rappelle-toi que tu es courageux.

– Ouiiii, fit la petite voix brisée. Malooo, délivre-moi.

– Je vais le faire, mais ce n'est pas aussi simple qu'au jeu de barres, Petit-Sa-Majesté.

Un grincement lointain m'avertit du danger. C'était une porte aux gonds rouillés qui s'ouvrait.

– Toto, on vient, chuchotai-je. Fais comme si je n'étais pas là…

Je m'éloignai en hâte et me recouchai dans ma cave, en entortillant mes poignets avec des bouts de corde. Puis les yeux fermés, le corps relâché, je fis semblant d'être sans connaissance.

– Il est mort ? fit une voix à l'accent chantant.

Je sentis qu'on approchait de moi une lumière.

– Non, mais je lui ai filé un bon coup de Père Frappart, répondit Orson. C'est çui que je te disais. Quinquet, il s'appelle. C'est un mouchard de la Sûreté.

– Et t'es sûr qu'i avait personne d'autre avec lui ? demanda celle qui devait être Caramel.

– T'en fais pas. Sébastiani a coupé dans le pont*. Ils croivent tous que le momacque est parti dans le fiacre.

J'étais le seul à ne pas m'être laissé tromper. À présent, toutes les polices de France devaient rechercher un fiacre qui n'existait que dans les mensonges d'un faux témoin.

– J'en fais quoi du Quinquet ? demanda Orson. Je le bute ?

Il parlait sur un ton indifférent, et je songeai au pauvre canari aplati. Je ne valais pas davantage aux yeux d'Orson.

– C'est le benk qui décide de la vie et de la mort, dit Caramel, sur le ton d'un rappel à l'ordre. Mais faut pas qu'il s'échappe. On va le mettre avec l'autre.

* Il est tombé dans le piège.

Je me sentis soulevé par les pieds et je compris qu'Orson allait me traîner comme un sac de pommes de terre. Je me laissai faire comme si j'étais évanoui, mais je ne pus retenir un gémissement de douleur quand ma tête racla le sol. J'entendis qu'on décadenassait la porte voisine, puis, d'une secousse, Orson fit rouler mon corps à l'intérieur de la cave.

– Et l'autre, il est toujours vivant ? demanda Caramel.

– Mais oui ! s'impatienta Orson. Je l'ai z'endormi… Et le benk, on le voit quand ?

J'eus le temps d'entendre Caramel répondre « pas maintenant », et la porte se referma.

– Malo, tu es là ? chuchota Montpensier.

Le souffle de sa voix chatouilla mon oreille.

– Tout à côté… Comment te sens-tu ?

– J'ai mal à la tête et mal au cœur.

– Tu es attaché ?

– Non.

Il était au bord des larmes. Il fallait que je le fasse parler, qu'il oublie un instant la situation dans laquelle nous étions.

– Tu te souviens de ce qui s'est passé au théâtre ? Tu es tombé sur les matelas ? Et après ?

– Après… Il n'y a pas d'après. Je me suis retrouvé ici. J'ai cru que je faisais un cauchemar. J'étais dans le noir et j'ai entendu quelqu'un qui disait : « Y a tous les cognes de Pantin dans la trime. »

– Ça veut dire : il y a tous les policiers de Paris dans la rue, traduisis-je. Et ça veut dire aussi que nous sommes toujours galerie Valois, dans les caves du 161 ou du 163.

– Alors le général Sébastiani est au-dessus de nous ?

Je ne voulus pas détromper Montpensier. Mais d'après ce que j'avais compris, Sébastiani était parti aux trousses d'un fiacre fantôme.

– Oh, Malo, j'y pense… Mais tu ne me gronderas pas, c'était… c'était pour faire comme toi, bredouilla Toto.

– Quoi donc ?

– J'ai un couteau attaché à mon mollet.

– C'est une farce que tu me fais ?

Mais le petit disait la vérité. Pour imiter les agents de la Sûreté, il avait caché sur lui un couteau de cuisine bien affûté, et Orson n'avait pas pensé à le fouiller. Il remonta le bas de son pantalon et, toujours à l'aveuglette, je défis avec précaution les nœuds de la cordelette. Puis je glissai le couteau dans ma manche droite.

– Maintenant, attache-moi les poignets avec la corde en faisant un nœud de brigand, demandai-je à Montpensier. Si nous voulons leur échapper, il ne faut pas qu'ils se méfient de nous.

Montpensier venait tout juste de terminer le nœud quand un bruit de pas se fit entendre dans le couloir.

– Couche-toi, ordonnai-je à Toto, fais semblant d'être évanoui.

Qui allait entrer ? Orson ? Caramel ? Je sentais la pointe du couteau qui me piquait le poignet. Se battre est une chose. Tuer en est une autre. Enfoncer le couteau dans la poitrine d'un être humain, en serais-je capable ?

La lumière entra brutalement dans la cave et le pauvre Montpensier, oubliant le rôle qu'il devait jouer, s'arrêta de respirer. Soudain je vis, penché au-dessus de moi, un masque de cuir noir troué de deux yeux à peine humains. Le benk, c'était lui. Tout de noir vêtu. Il me parut immense, sans doute parce que j'étais couché. Éclairé par la lanterne que tenait Caramel, il s'agenouilla près de Montpensier dont j'entendais à présent le souffle saccadé. Le benk posa une main sur son front, puis sur son cœur, il laissa passer quelques secondes et se releva. Il quitta la cave sans avoir prononcé une parole, ayant seulement écouté battre le cœur de Montpensier, ce qui était terrifiant. Qui était cet homme ? Sa silhouette longue et mince pouvait être celle de Trimbaldière, d'Orson, de Wizzard... Mais quelque chose me disait que ce n'était aucun d'eux. Je restais encore glacé d'effroi, même après son départ. C'était heureux que Montpensier ait gardé les yeux fermés.

– J'ai senti une main sur mon front, me dit-il. Qui était-ce ?

– Orson, mentis-je. L'homme qui nous a enlevés.

– Il va nous tuer ?

– Non, non ! Il veut demander une rançon. C'est un bandit.

– Sébastiani ne devinera jamais que nous sommes ici, fit Toto sur un ton de mépris. Il n'y a que ton père qui puisse nous sauver.

À cause des histoires que je lui avais racontées, Montpensier avait une admiration exagérée pour le chef de la Sûreté. Mais mon père, qui n'était responsable que de la police des voleurs, n'avait sûrement pas été mis au courant de l'enlèvement du prince.

– Quand il va savoir que tu es en danger, monsieur Personne viendra te délivrer, ajouta Montpensier. Comme quand tu étais au bagne de Brest, tu te rappelles ?

Je n'eus pas le courage de répondre à Toto que mon père ne devait pas savoir que j'avais disparu. Où était-il en ce moment ? Chez papa Guillotin, au Lapin Volant, rue de la Truanderie ?

– Raconte-moi encore des histoires de la brigade, me supplia Montpensier.

Mêlant mes souvenirs à des épisodes inventés, je fis de mon père un héros capable de traverser les portes les mieux cadenassées et, peu à peu, le souffle de Toto s'alanguit… Il dormait.

Quelle heure était-il ? J'avais perdu la notion du temps. Était-ce encore la nuit, déjà le matin, ou même le midi ? La peur m'avait coupé l'appétit, mais mon estomac gargouillait. Quand Montpensier se réveillerait, il aurait faim, il aurait soif. Qu'allais-je devenir ? Je fis tomber la corde qui liait mes poignets puis je m'allongeai près de Toto en songeant qu'il avait raison. Seul mon père pouvait nous sauver. Il traverse le mur, il se penche au-dessus de moi, il sort son lingriot pour couper mes liens. Horreur ! C'est le benk. Il va m'ouvrir la poitrine et m'arracher le cœur.

Ce fut la lumière expirante d'un bout de chandelle qui me tira de mon rêve. Posés à même le sol, il y avait un pichet d'eau, un morceau de pain, une gamelle pleine de… J'examinai le contenu noirâtre. C'étaient des lentilles trop cuites et qui sentaient mauvais.

– Maman, soupira une petite voix.

Je me tournai vers Montpensier, qui peinait à sortir du sommeil. Ses traits creusés par la fatigue et le chagrin le faisaient ressembler plus que jamais à l'enfant du portrait. Il eut un sursaut et ouvrit les yeux.

– Malo ?… Il y a de la lumière ?

– Pas pour très longtemps. Tiens, bois.

Je lui tendis la cruche puis, avec mon couteau, je partageai le pain en deux, un gros morceau pour lui, un petit pour moi. Je ne lui présentai même pas le plat de lentilles moisies. Tout en mâchant le pain, je réfléchis. Si j'essayais de mettre le feu à la porte ? À ce moment précis, la chandelle s'éteignit.

Toto vint se blottir contre moi et nous restâmes ainsi sans parler, mon bras passé autour de son épaule. Je me souvins alors de ce que le docteur Pelletan avait dit à propos de l'enfant du Temple : « Il a été emmuré vivant dans les ténèbres et la crasse pendant six mois, nourri de pain et de lentilles. Quand, enfin, on a eu pitié de lui, il ne tenait plus debout, il ne parlait plus, il était devenu difforme et presque imbécile. »

18
Nous entrons dans l'enfer du benk. – J'ai deux cœurs sous ma chemise. – Le couloir de la mort.

L'impuissance est une chose terrible. Je ne voyais rien à faire qui puisse nous donner une lueur d'espoir. Casser la porte ? Creuser un tunnel ? Avec nos seules forces et un misérable couteau de cuisine ? Mon père allait-il apprendre que j'avais disparu ? Il m'avait vu au théâtre, habillé en prince et l'air très content de moi. Il ne devait se faire aucun souci pour son fils. Et Léonie ? Demanderait-elle à me voir ?

… Combien de temps s'écoula-t-il ? Ni six mois, ni six jours. Peut-être même pas six heures, mais le temps, quand on est plongé dans l'obscurité, paraît une éternité.

Soudain, j'entendis des voix dans le couloir. Je bousculai Toto, qui s'était endormi sur mon épaule.

– Rattache-moi. Vite ! Vite !

Il était devenu très habile et il fit un nœud de brigand autour de mes poignets en quelques secondes. Il me sembla qu'il y avait une dispute de l'autre côté de la porte entre Orson et Caramel.

– Recouchons-nous, chuchotai-je. Fais semblant d'être très faible et malade.

– C'est ce que je suis, marmonna le petit.

Orson entra dans la cave, accompagné de Caramel qui tenait la lanterne. Il nous secoua en maugréant : « Debout, allez ! » Montpensier tenta de se redresser, mais retomba assis, et il ne jouait pas la comédie. Orson s'en prit à Caramel :

– Il canne la pégrenne* ! Un prince mort, ça vaut rien.

– Je te l'ai d'jà dit, c'est le benk qui décide.

Je jetai un coup d'œil à celle qui venait de parler. Avec ses sourcils charbonneux et ses lèvres sanglantes, la ponante du Palais-Royal me parut plus effrayante que belle.

En grommelant des malédictions, Orson jeta Montpensier par-dessus son épaule et m'ordonna

* Il meurt de faim.

d'avancer. J'étais content qu'il me crût sans défense. Nous fîmes quelques mètres à la queue leu leu. Les caves se prolongeaient, il y avait même des couloirs qui partaient dans plusieurs directions. Mon père m'avait déjà parlé du monde qui existait sous nos pieds, les catacombes, les égouts, les champignonnières. Il y avait donc aussi un souterrain sous la galerie Valois.

Enfin, nous arrivâmes devant une porte dont Caramel avait la clé. Nous descendîmes trois marches de pierre et nous nous retrouvâmes dans ce qui me parut être la crypte d'une église oubliée, qu'éclairaient des dizaines et des dizaines de cierges. Sous les voûtes, il y avait tout un bric-à-brac de cornues, de bonbonnes et d'instruments de torture. L'enfer du benk.

Orson déposa Montpensier sur une table de marbre noir, semblable à celle de la morgue où le père Geoffroy étendait les corps. Montpensier était aussi immobile qu'un mort, et si blanc qu'il semblait s'être vidé de son sang. Il était évanoui.

– Faut le ranimer, dit Orson. Trouve de l'eau d'aff!

Caramel s'éloigna et, tandis qu'Orson tapotait les joues de Montpensier, je regardai autour de moi. Ce que j'avais pris pour des instruments de torture était des instruments de chirurgie, scies à os, rasoirs, scalpels, aiguilles et autres choses hideuses dont je ne connaissais pas le nom. C'était donc là que le benk ouvrait le ventre des chiens, leur enlevait le cœur puis cherchait à le recoudre. Mon regard errant sur les étagères découvrit enfin ce que je cherchais sans le savoir. Un bocal. Le bocal qui contenait le cœur de Louis XVII. Ce cœur qu'on disait vivant.

Caramel revint, une bouteille à la main, et me donna une bourrade au passage :

– Faut l'attacher çui-là, il va s'échapper.

– Ferme la porte à clé et tais ta gueule, lui répliqua Orson.

Se penchant sur Toto, Orson lui ouvrit de force les lèvres et lui versa quelques gouttes d'eau d'aff. Le pauvre petit en eut un sursaut, il se mit à tousser, à tousser, et je crus qu'il allait s'étouffer. Il avait dû avaler l'alcool de travers, ses yeux ruisselaient de larmes, ses joues étaient cramoisies. Malgré tout, l'eau d'aff l'avait tiré de son évanouissement.

– Faut z'i donner à manger, dit Orson à Caramel.

– C'est pas la peine, avec ce que le benk va z'y faire.

Ce que le benk allait lui faire ! L'épouvantable menace se précisait. Montpensier avait été enlevé pour subir ce qu'on avait fait à Joliette ou à Monsieur Jones. Et le cœur qu'on allait lui recoudre ne serait pas le sien !

Tout en continuant de se quereller, Orson et Caramel ligotèrent Montpensier, qu'ils laissèrent allongé sur la table de marbre. Quant à moi, on m'attacha par les pieds à la même table. Orson quitta l'antre du benk, laissant Caramel faire les derniers préparatifs. Je dus me tordre le cou pour l'épier. Je la vis qui rassemblait sur une table des instruments de chirurgie, une cuvette, des tampons d'ouate, des chiffons. Puis elle s'en alla, sans oublier de nous enfermer à clé. À présent, je devais agir, je DEVAIS agir, ou dans quelques minutes Montpensier serait livré aux mains d'un monstre.

– Toto ?

Attaché au pied de la table sur laquelle il gisait, je ne pouvais pas le voir.

– Toto ? Tu m'entends ?

– Oui.

– Toto, quoi qu'il arrive, tu ne dois pas t'évanouir, tu ne dois pas pleurer, tu ne dois pas crier.

Tout en lui parlant, j'avais fait tomber les liens de mes poignets et sorti mon couteau.

– Tu dois me faire confiance. Je vais te sauver. Toto, tu m'entends ?

– Oui.

Je venais de trancher la corde qui me liait les jambes. Je me redressai. Toto, me voyant surgir, me fit un pâle sourire.

– Il faut que tu te sauves aussi, murmura-t-il.

– Ne t'en fais pas pour moi.

J'allai droit à l'étagère sur laquelle j'avais aperçu le bocal, je le pris, je l'ouvris sans difficulté. Puis bloquant ma respiration, je plongeai la main dans le liquide et me saisis du cœur. Tout mon corps frissonna de répulsion tandis que j'égouttais le viscère au-dessus du bocal. Il était dur comme une pierre. Je serrai les dents et, refoulant une violente envie de vomir, je glissai le cœur sous ma chemise, à l'endroit précis où battait le mien. Personne n'irait le chercher là.

Je refermai le bocal et le remis en place. Puis je me rattachai au pied de la table avec un nœud de brigand et entortillai mes poignets avec la cordelette pour faire croire qu'ils étaient toujours liés. Il était temps, la porte se rouvrait, laissant le passage à Caramel et au benk. Je compris que c'était le moment où allaient se jouer nos vies. La fille se planta devant Montpensier et, de sa voix tristement chantante, elle se mit à lire une déclaration au nom du benk, en butant sur les mots qu'elle déchiffrait :

– « Prince, vous êtes le dernier… hmm… rejeton de la branche in… digne de la famille royale. Votre père, Louis-Philippe, occupe le trône qui devait revenir à Louis XVII. »

Le benk, à ses côtés, s'impatientait de l'entendre ânonner. Pourquoi restait-il muet ? Parce que je connaissais sa voix ? Caramel poursuivit ce qui ressemblait à un acte d'accusation :

– « L'Enfant du Temple avait votre âge, prince, quand il est mort. Mais le docteur Pelletan a prélevé son cœur dans sa poitrine et, sans en avoir ex… primé le sang, il l'a plongé dans un hmm… sérum connu de lui, et qui garde les vis… cères en vie. Aujourd'hui, grâce aux travaux que j'ai poursuivis pendant de longs mois, je vais coudre le cœur de Louis XVII dans votre poitrine, rétablir dans ce cœur la circulation de sang qui fut suspendue et, par la magie de ma science, faire d'un prince mort un prince ressuscité. »

Magie… mort… ressuscité… Ces mots trahissaient l'inimitable Wizzard, qui croyait pouvoir faire avec un enfant ce qu'il faisait avec un canari. Pendant tout ce discours, Toto n'avait ni gémi ni pleuré, comme je le lui avais demandé. Mais peut-être s'était-il de nouveau évanoui ?

– Bon, ben, je vais chercher tout le fourbi, dit Caramel, abandonnant son ton solennel. V'là déjà vot' citrate de soude pour faire couler le sang, pis vot' chlorure de calcium pour l'arrêter. Oùsque j'ai mis l'éther éthylique ? Là, le v'là !

C'était une étrange assistante que le magicien s'était trouvée, sans doute aussi folle que lui. Il restait immobile au milieu de la crypte, seules ses mains gantées de noir remuaient. Il les ouvrait, les fermait, faisant jouer toutes les articulations, pour les préparer à ce qu'elles allaient devoir faire.

– C'est-ti vous qu'avez pris le cœur ?

Caramel venait de découvrir le bocal vide. Le magicien sursauta, mais ne répondit rien.

– Dites, y a plus rien dans le bocal, insista Caramel.

– Impopo… impossible, dit enfin le benk.

Il bégayait ! Mais alors, mais alors, ce n'était pas

Wizzard, c'était… Mais oui ! C'était le propriétaire du théâtre, le marquis Victor de Montval. Je n'avais pas comme adversaire un homme jeune et robuste, mais un vieillard.

– C'est p't-être Orson qui a volé le cœur ? s'interrogea Caramel. Il voulait pas qu'on fasse l'opération.

Orson était certainement dans les parages. Il ne fallait pas que le benk le fasse venir pour l'interroger. C'était le moment d'agir. Maintenant ou jamais.

Tous mes liens tombèrent, je sortis le couteau de ma manche. Ni Montval ni Caramel ne faisaient attention à moi. Je m'accroupis, prêt à bondir. Mais aurais-je le courage, la volonté de tuer ? Pour Toto, oui, pour Toto. Je me jetai sur Montval qui me tournait le dos et je lui plantai mon couteau… dans l'épaule. Je ne l'avais que blessé, mais il tomba tout de même à genoux en gargouillant : « Au sec… au sec… cou… cours… »

Caramel s'était reculée, serrant le bocal contre sa poitrine comme un objet précieux, ce qui l'embarrassait. Ma foi, tant pis pour la galanterie ! comme disait l'évêque Cochon en poussant Jeanne d'Arc vers le bûcher. De deux coups de poing en plein visage, j'envoyai Caramel à terre. Elle tomba sans avoir eu le temps d'appeler à l'aide. Mais le benk et elle allaient reprendre leurs esprits, et je ne serais pas capable de les tuer de sang-froid. Mon regard tomba sur la bouteille d'éther éthylique. Je l'ouvris, en vidai la moitié du contenu sur un tampon d'ouate que je glissai sous le masque du benk, alors que celui-ci tentait de se redresser. Il s'écroula, face en avant. Je fis subir le même traitement à Caramel, mais l'odeur étrangement suave, qui se répandait dans la crypte, me tournait la tête. Je me dépêchai de déficeler Montpensier en me servant d'un scalpel.

– Tu peux te relever ?

Je le mis sur ses pieds, mais il chancela et dut s'appuyer sur moi. Avant de quitter ce lieu de cauchemar, je pris une des bougies allumées, puis je fermai la porte à clé derrière nous.

– Maintenant, dis-je à Toto, il faut trouver la sortie de ce souterrain…

En moi-même j'ajoutai : et éviter Orson.

Je retrouvai sans peine le chemin jusqu'à la cave où nous avions été séquestrés. Mais à partir de là, où devais-je aller ? Je poursuivis le couloir dans l'espoir d'arriver à un escalier. Le pas de Montpensier s'était affermi. Il ne pesait plus sur mon épaule, il me donnait la main pour se rassurer.

– Malo, chuchota-t-il.

Moi aussi, j'avais entendu… Quelqu'un qui sifflotait entre ses dents, et le bruit allait s'approchant.

– Dans la cave, murmurai-je.

Elle nous serait un abri provisoire. Orson n'aurait pas tout de suite l'idée de nous y chercher. Il passa en effet devant la porte que nous avions légèrement repoussée derrière nous. Il se dirigeait vers la crypte, pensant peut-être que le pauvre Montpensier était déjà mort ou mourant, ce qui ne l'attristait pas tellement, à en juger par son sifflotement.

– Vite, Toto, il faut qu'on trouve un escalier !

Mais j'avais dû souffler la bougie pour ne pas attirer l'attention d'Orson. Nous reprîmes donc notre route dans l'obscurité. D'une main, je longeais le mur, et de l'autre, je tenais Montpensier. Hélas, le couloir que nous avions choisi s'avéra être une impasse. Nous revînmes sur nos pas.

– Malo, gémit Montpensier.

Oui, Orson venait à notre rencontre. Nous entendions son pas précipité. Il avait dû se heurter à la porte close ou, s'il avait la clé de la crypte, il était tombé sur ses deux complices inanimés.

– Pourquoi n'ai-je pas repris le couteau ? marmonnai-je, désespéré.

Je savais qu'Orson avait deux coutelas bien aiguisés, qu'il passait dans sa ceinture, et qu'il n'hésiterait pas, lui, à s'en servir. Il ne me restait plus qu'une solution : faire face à mains nues. Depuis plusieurs années, je m'entraînais à la brigade à l'art de la boxe et de la savate.

– Tiens-toi derrière moi, Toto.

Tant que je serais en vie, je lui ferais rempart de mon corps. Mais après…

Orson surgit à l'autre bout du couloir. Il posa à terre la lanterne dont il s'éclairait et dégaina un de ses couteaux, posément, sans nous quitter du regard. Il faisait deux têtes de plus que moi, il fallait donc que je plonge dans ses jambes. J'allais m'élancer quand… ouah, ouah, des aboiements résonnèrent dans le souterrain. Était-ce un des chiens qu'Orson volait pour que le benk les opère ? Mais dans ce cas, Orson ne s'en serait pas inquiété, il aurait continué à guetter chacun de mes mouvements. Or je le vis qui tournait la tête comme si le danger était soudain derrière lui. Je m'apprêtais à profiter de sa distraction quand… ouah, ouah, le chien, un roquet à tête noire, apparut au bout du couloir.

– Fiston, au pied ! Rendez-vous, Orson !

– C’est ton papa ! hurla Montpensier.

– Papa, le couteau ! criai-je à mon tour.

Orson lança son poignard en direction de mon père. En même temps, une détonation fit trembler les murs du souterrain. Orson s’effondra, frappé à mort. Mais monsieur Personne, lui aussi, avait été touché.

19
Toutes les réponses à toutes les questions. – Ce qui arrive aux uns et aux autres.

Quand Orson avait lancé son poignard, j'avais porté la main à ma poitrine, comme si ce mouvement allait protéger mon père, et j'avais senti le petit cœur de pierre glissé sous ma chemise. Orson manqua sa cible. Il avait visé le cœur de mon père, le couteau s'enfonça dans son bras. Plus pâle que jamais, il extirpa lui-même la lame de sa chair, puis il me demanda de l'aider à ôter sa chemise et de la déchirer.

Fiston ne cessait de japper, très excité par l'odeur du sang, celui d'Orson, dont une balle avait traversé le front, et celui de monsieur Personne, qui dégouttait de son bras. Je repoussai le roquet d'un mouvement brusque du pied.

– Tu ne devrais pas le brutaliser, remarqua son maître, c'est lui qui t'a retrouvé.

Montpensier, que la peur avait tenu en retrait, enjamba alors le corps d'Orson et s'approcha de nous.

– D'où il chort, chui-là ? marmonna mon père, qui finissait de serrer avec les dents son bandage improvisé.

– Vous nous avez sauvés, n'est-ce pas ? le questionna timidement Toto. On va sortir de là ?

Comme pour le rassurer, Fiston lui posa les pattes avant sur le bras, ce qui faillit le faire tomber. Mais bien loin de lui en vouloir, Montpensier le serra contre lui.

– Lieutenant, prenez la lanterne, m'ordonna mon chef, et éclairez le chemin. Je crois que notre remontée à la surface va faire du bruit.

Comme il nous l'expliqua tout en nous guidant vers la sortie, toutes les polices de France recherchaient un fiacre dans lequel étaient montés un homme blond d'une trentaine d'années et un petit garçon. Bien que ce fiacre n'existât pas, il avait tout de même été signalé non loin de Lille.

– Pour vous avouer la vérité, prince, ce n'est pas vous que je cherchais en venant ici. C'est Malo.

Mon père n'avait pas été tout de suite prévenu de ma disparition. Le général Sébastiani, trop tourmenté par les événements, ne s'était pas soucié de moi. La nuit s'était écoulée, puis la journée, et c'était madame Adélaïde qui s'était inquiétée de mon absence. Le général, intrigué, s'était alors rendu galerie Véro-Dodat, pensant que mon père saurait ce que j'étais devenu. Toute la brigade avait été mobilisée pour me retrouver : aucune trace de moi dans les ruelles et les tavernes que je fréquentais.

Comme on m'avait aperçu pour la dernière fois au théâtre de la galerie Valois, monsieur Personne demanda l'autorisation de reprendre les recherches à partir de cet endroit. Il apporta avec lui un de mes vieux vêtements, tiré de mon armoire de déguisements, et il le fit renifler à Fiston. Nez au sol, le roquet conduisit mon père jusque devant la porte fermée où j'avais découvert le chiffon imbibé d'éther. J'avais évité à Fiston la pendaison, et lui m'avait tiré des griffes d'Orson. Un bienfait n'est jamais perdu, comme disait l'ogresse en finissant de manger le petit garçon qu'elle avait sauvé de la famine.

– Prince, vous voilà libre, dit le chef de la Sûreté en poussant une dernière porte.

Nous étions dans la cour qui séparait le 161 du 163 de la galerie Valois, là où Orson m'avait assommé.

– C'est maître Wizzard qui va être heureux de nous revoir ! s'exclama Toto, qui avait toujours une pensée pour les autres.

– Sauf qu'il est en prison, lui répondit mon père.

Il avait été arrêté, de même que Trimbaldière, monsieur de Bonnechose et tous les conspirateurs à l'œillet blanc. Le commissaire Jacquot avait reçu pour mission de leur faire avouer où ils détenaient le jeune prince.

– Il faut immédiatement faire cesser cette injustice, déclara Toto, sur un ton tout à fait royal.

– Pour commencer, nous allons demander de l'aide à la femme de Wizzard, marmonna mon père, dont le visage était de plus en plus crispé par la douleur.

Nous étions aux premières heures de la matinée, et, malgré le souci qu'elle se faisait pour son mari, madame Bertin était encore au lit. Nos coups de poing dans la porte d'entrée finirent par l'en tirer.

– Qui… qui est là ? fit une voix tremblotante.

– Personne. Le chef de la Sûreté. J'ai retrouvé Montpensier, votre mari est innocent, madame.

La porte nous fut immédiatement ouverte et madame Bertin nous laissa entrer en balbutiant : « Mon Dieu, oh, mon Dieu ! » Elle ne put s'empêcher de palper Toto pour s'assurer que c'était bien lui.

– Comme mon mari va être heureux de vous savoir vivant, prince !

– Et papa et maman aussi ! s'exclama le petit. Pauvre Maman-Reine, comme elle doit pleurer ! Et Aumale ! Je dis parfois du mal de Mimi, mais la vérité, c'est qu'il me protège toujours et il est très gentil et…

Montpensier sanglotait à gros bouillons sans pouvoir s'arrêter de parler de sa famille, de ses sœurs qui étaient ceci, de tantine qui était cela, sans compter monsieur Tenant de Latour qui était si savant !

Mon père, pris de défaillance, se laissa tomber sur une chaise. Il avait perdu beaucoup de sang. Je me proposai pour aller chercher le docteur Pelletan. Avant que je parte, mon père me dicta une lettre qu'il adressait au commissaire Jacquot. Ce fut le jeune Ernest, réveillé par le bruit, qui fut chargé de la porter au commissariat. Je jetai un dernier regard sur le salon des Bertin avant de m'en aller. Mon père buvait du vin et Montpensier dévorait une énorme tartine à la confiture.

Le docteur Pelletan me reconnut dès qu'il me vit sur son palier et n'en exprima pas de plaisir particulier.

– Monsieur Personne a besoin de vous de façon urgente, docteur. Et j'ai… de quoi vous payer.

Le cœur du petit dauphin était toujours contre le mien. Je le sortis de sa cachette et je le mis sous le nez du chirurgien, qui en eut un sursaut de surprise.

Quand nous arrivâmes tous les deux chez madame Bertin, bien des choses s'étaient déjà passées. Mon père avait dû s'allonger sur le lit du jeune Ernest et il s'était enfoncé dans un sommeil qui ressemblait à une perte de connaissance. Pendant ce temps, le commissaire Jacquot était arrivé avec deux inspecteurs. Ceux-ci avaient procédé à l'arrestation de Caramel et du benk, toujours enfermés dans la crypte, puis ils avaient porté le corps d'Orson à la morgue. Le commissaire Jacquot avait escorté en personne le petit prince aux Tuileries, se réservant le rôle du sauveur.

Je me sentis fort triste et dépossédé. Toto disparaissait brutalement de ma vie. J'aurais tellement aimé l'accompagner jusque chez lui pour voir la joie de ses parents, d'Aumale, de madame Adélaïde… Bah, tant pis, il ne me restait plus qu'à frictionner la tête de Fiston en attendant que le docteur Pelletan ait soigné mon père. Je m'endormis dans le salon des Bertin, la tête sur la table.

*
* *

Maître Wizzard fut le premier à retrouver sa liberté. Il fut totalement innocenté par les aveux de son propriétaire, le marquis Victor de Montval. Le benk avait contraint le magicien à se servir de Montpensier pour le tour de l'enfant transporté. Wizzard lui avait obéi à contrecœur, car un magicien ne doit jamais dévoiler les secrets d'un tour à un non-initié. Mais le propriétaire du théâtre avait menacé de le chasser de la galerie Valois s'il ne consentait pas à faire plaisir au petit prince.

Dans les jours qui suivirent la libération de Wizzard, les comploteurs à l'œillet blanc furent relâchés un à un, Côme de la Trimbaldière et monsieur de Bonnechose, les derniers.

Zina, à qui la mort de son frère déliait la langue, nous en apprit davantage sur le rôle qu'avait joué Orson. Il avait gagné beaucoup d'argent en vendant des chiens au marquis de Montval et, pour l'encourager à persévérer, il lui avait fait croire qu'un des chiens avait résisté à l'opération. Pour cela, il avait substitué au chien mort un chien « ressuscité », très semblable au précédent. Il avait même poussé la cruauté jusqu'à entailler puis recoudre le ventre du roquet.

Le marquis était d'autant plus facile à duper que l'éther éthylique avait achevé de lui embrouiller les idées. Il en avait d'abord goûté les effluves quand, dans les coulisses du théâtre, le servant du magicien versait quelques gouttes d'éther sur une pelle de fer très chaude pour que l'odeur se répande dans la salle. Puis Montval avait pris l'habitude de respirer l'odeur de l'éther, le nez au-dessus de la bouteille. Il vivait ainsi dans l'ivresse de ce produit magique dont Wizzard prétendait qu'il rendait plus léger que l'air. Sa folie n'avait fait que croître, détraquant au passage la pauvre cervelle de Caramel.

Orson, lui, n'était pas fou. Il ne se souciait pas de ressusciter Louis XVII. Tout ce qu'il aurait aimé, c'était échanger Montpensier contre une forte rançon. Mais, recherché par la police, contraint de se cacher dans les souterrains de la galerie Valois, il était à la merci du benk et n'avait pu s'opposer à sa folie. Il l'avait payé de sa vie.

Zina ne me parut pas trop attristée par la mort de son frère aîné. Depuis qu'elle était enfant, il la forçait à mendier et à voler, et il la battait quand elle ne lui rapportait pas assez d'argent. Elle était heureuse dans son nouveau logis rue Cloche-Perce, heureuse de travailler à la brigade, et, bien sûr, amoureuse de monsieur Personne.

Et Gaby ? vont me demander mes lectrices. C'est la question que je posai un matin à mon père.

– Gaby ? Elle a quitté l'hôpital.

Il était assis derrière son bureau, comme à l'accoutumée, mais le bras droit en écharpe.

– Et où est-elle ?

– À la campagne. Chez des amis.

Je compris qu'il n'avait pas l'intention de m'en dire davantage. Sans doute était-il gêné d'avoir fait croire à Gaby qu'il l'aimait ?

Mais avait-elle gardé ses deux jambes ? voudront aussi savoir mes lectrices.

– Oui, oui, je crois, me répondit mon père du bout des lèvres.

Je n'insistai pas. Un fils ne peut pas interroger son père sur ses sentiments, et encore moins avoir l'air de lui demander des comptes.

– Je vous remercie, lui dis-je, d'avoir veillé sur Léonie.

S'étant aperçu que ma fiancée était malheureuse

chez Nan-Nande, qui était une brave femme, mais un peu rude, mon père avait conduit Léonie chez la seule de mes tantes adoptives qui me restait, mademoiselle Amélie de Lange. C'était là que Léonie avait appris l'arrestation, puis la libération de son père. Et c'était là qu'un après-midi ensoleillé je pus enfin la retrouver.

Au moment de me préparer pour nos retrouvailles, j'hésitai devant mon armoire de déguisements. J'avais fait remettre en état le pantalon blanc et la veste de velours bleu qui avaient fait de moi, le temps d'une soirée au théâtre, l'égal d'un fils de roi. Mais cette histoire était terminée, et pour éviter d'en souffrir, il me fallait l'oublier tout à fait. Ce fut donc Rodolphe Lequeu qui se présenta au logis de mademoiselle de Lange.

Je sus, dès que je vis Léonie au milieu du salon, que ma tante l'avait gâtée comme sa propre fille. Elle avait les joues roses, des vêtements neufs, et le plus beau collier de mademoiselle de Lange autour du cou. Je lui tendis les fleurs que j'avais achetées à la petite bouquetière, comme j'avais vu faire à mon père. Mais à sa différence, je suis fidèle en amour, c est écrit dans les lignes de ma main.

Ma tante Amélie avait préparé une collation de brioches et de chocolat chaud. C'était très gentil, mais cela me fit penser aux Tuileries et à Montpensier. Tandis que nous goûtions, levant par hasard les yeux au-dessus de Léonie, j'aperçus soudain l'enfant du Temple. Non, ce n'était ni un rêve ni un fantôme. Mais son portrait dans un cadre ovale et doré, tel que je l'avais vu dans le salon de mes tantes à Tours, quand j'étais petit garçon.

– Oh, tu regardes ce cher ange ? fit tante Amélie. Où est-il, à présent ?

– Il est où sont les anges, ma tante.

– Non, non, s'obstina la vieille demoiselle, il s'est sauvé de la prison du Temple dans un cheval de bois et…

D'une même voix, Léonie et moi nous écriâmes :

– Il est mort et enterré !

Ma tante secoua la tête, à peine résignée. Puis elle alla fouiller le tiroir d'une commode et en sortit un médaillon ovale et doré, délicatement ciselé. Du bout de l'ongle, elle l'ouvrit en deux et fit apparaître une jolie miniature.

– Louis XVII, murmurai-je.

Jamais Montpensier ne lui avait autant ressemblé que sur ce portrait.

– Ma tante, est-ce que vous accepteriez de me le donner ?

J'étais si content de mon acquisition que, dès mon retour à la galerie Véro-Dodat, je voulus montrer le médaillon à mon chef.

– Il y a quelqu'un avec Personne, me prévint le libraire, qui ajouta avec un clin d'œil : une dame !

Je haussai les épaules. Ce n'était pas la première fois que mon père recevait une jolie Parisienne, victime d'un escroc. Je toquai légèrement à la porte et, sans même attendre de permission, j'entrai, le médaillon à la main.

Il y avait bien une dame qui me tournait le dos, une élégante à chapeau, dont je ne voyais que les épaules rondes et quelques boucles de cheveux. Mon père parut surpris de me voir.

– Ah ? D… déjà ? bafouilla-t-il.

L'élégante me fit face.

– Gaby ! Gaby, comment vas-tu ?

Sans me répondre, un sourire malicieux au bord des yeux, elle remonta lentement sa jupe pour dévoiler deux jolies jambes, gainées de soie blanche.

– Moïra, voyons, la gronda monsieur Personne.

Nous nous regardions, embarrassés, tous les trois.

– Allons, finissons-en, dit brusquement mon père. Malo, je te présente madame Donnadieu.

Le véritable nom de monsieur Personne est Eugène Donnadieu.

– Embrassez-vous, les enfants, dit-il du même ton bourru.

Voilà donc ce qu'il n'avait pas osé m'avouer ! Lui et Moïra s'étaient mariés pendant que je déclinais sur les bancs du collège Henri-IV. J'éclatai de rire et embrassai ma belle-mère sur les deux joues.

*
* *

Le lendemain de cette journée mémorable fut plus mémorable encore. Dans la matinée, à l'heure où mon père recevait les agents de la brigade et leur donnait ses ordres, nous eûmes une visite inattendue. Le général Sébastiani.

– J'ai pensé, nous dit-il, que vous aimeriez connaître les conclusions de l'enquête du commissaire Jacquot.

Nous échangeâmes un regard d'exaspération, mon père et moi. Jacquot s'était attribué tout le mérite de nos propres exploits. Monsieur Personne pria le général de s'asseoir et de nous conter les derniers détails de l'affaire.

– Le marquis de Montval n'a fait aucune difficulté pour tout avouer, commença Sébastiani. Ses complices l'appelaient « le benk », qui est le nom du diable dans la langue romani.

– Un pauvre diable, marmonna mon père.

Sébastiani le regarda d'un air de désapprobation :

– Il a tué une vingtaine de chiens et un singe savant, qu'il a volé à monsieur Bertin. Il s'apprêtait à tuer le prince, et qu'aurait-il fait à votre fils ?

– C'est un fou, répondit mon père.

– Oui, un fou, mais de l'espèce la plus dangereuse. Un fou qui pense avoir raison, même aujourd'hui qu'il est en prison. Il prétend avoir connu la famille royale avant la Révolution. Il aurait vu le dauphin dans la prison du Temple et tenté de le sauver. Il y a sans doute une petite part de vérité dans ce qu'il raconte. Mais il a aussi entendu des voix comme celles de Jeanne d'Arc, dit-il, des voix qui lui ont ordonné de mettre Louis XVII sur le trône. Vous savez aussi bien que moi comment il comptait s'y prendre : en cousant le cœur du dauphin dans la poitrine de Montpensier…

– Comment Montval a-t-il appris l'existence de ce cœur ?

– Par une vieille femme qui avait servi chez le docteur Pelletan, le père de l'actuel docteur. Elle racontait que son maître possédait un cœur vivant. Montval voulut en savoir davantage et il interrogea lui-même le chirurgien. Tous deux étaient fervents royalistes et Pelletan avoua la provenance du cœur au marquis, qui avait encore sa raison à l'époque. Du moins, je le suppose, puisqu'il ne tenta pas de s'emparer de la relique à ce moment-là.

Mon père garda le silence un instant comme s'il cherchait quelque coin d'ombre qui resterait à éclairer.

– Et les « œillets blancs » ? demanda-t-il finalement.

– Des conspirateurs d'opérette, selon moi. Ils ont tous été libérés. Mais le préfet de police les a fait placer sous surveillance.

Mon père poussa un soupir de satisfaction :

– Tout est clair à présent.

– Pas tout à fait, lui rétorqua le général. Nous ne savons pas ce qu'est devenu le cœur du dauphin. D'après le marquis et sa complice Caramel, celui-ci aurait mystérieusement disparu du bocal où il était conservé.

– Étrange, fit mon père.

– Étrange, répétai-je en écho.

Le général nous dévisagea l'un après l'autre, hésitant entre le sourire et le froncement de sourcils.

– Bien, fit-il en se levant. Ce cœur ne manquera à personne.

Sur ces mots, il se dirigea vers la sortie sans prendre la peine de nous saluer. Sur le pas de la porte, il se retourna :

– Oh, j'allais oublier ! Madame Adélaïde m'a demandé de revenir aux Tuileries accompagné du lieutenant de Lange.

– Tiens, quelqu'un se souviendrait-il que mon fils a risqué sa vie pour sauver celle du prince ? s'interrogea mon père sur un ton ironique.

Pendant tout le temps du trajet que nous fîmes en fiacre, j'eus envie de poser au général la seule question qui m'importait : est-ce qu'il me serait possible de revoir Montpensier ? Mais Toto devait être au château de Neuilly, oubliant, au bon air de la campagne, le cauchemar que ma vue lui aurait fait revivre. Mieux valait ne rien demander.

Je reconnus l'entrée des Tuileries, les gardes à cheval, les laquais poudrés, le pavillon de Flore et le salon de madame Adélaïde. Il était désert.

– Je vais prévenir son altesse de votre arrivée, me dit Sébastiani en tirant la porte derrière lui.

Que signifiaient ces simagrées ? Madame Adélaïde

me recevait-elle en cachette ? Elle avait toujours été bonne avec moi. Peut-être voulait-elle me glisser quelque argent dans le creux de la main pour me récompenser ? La colère me gonfla le cœur. Je ne voulais pas d'argent. Je voulais… autre chose. Mais quoi ?

Comme l'attente se prolongeait, la colère me monta à la tête. Était-ce à moi d'attendre le bon plaisir d'une altesse royale ? Non, j'allais retourner dans mon taudis de la galerie Véro-Dodat, moi, lieutenant de Lange, qui n'attendais la charité de personne. Comme je venais de prendre cette noble décision, je vis la clenche de la porte qui s'abaissait. Madame Adélaïde allait entrer. Je pris une large inspiration, comme faisait mon père quand il devait dompter sa colère. La surprise me coupa la respiration.

– Toto ?

Montpensier se jeta dans mes bras et me serra contre lui de toutes ses forces.

– Malo, Malo ! Je leur ai dit… Le commissaire Jacquot se vantait de m'avoir retrouvé. Mais je leur ai dit… je leur ai dit la vérité !

Il riait et pleurait en même temps, et moi, j'étais si content que je ne remarquai pas tout de suite la présence de madame Adélaïde.

– J’ai pensé que cela vous ferait plaisir de revoir Montpensier, me dit-elle, avec tant de bonté dans les yeux qu’elle en devenait presque belle.

– C’est la seule chose qui pouvait me faire plaisir, répondis-je.

– La seule chose ? Vraiment ? Et moi qui espérais vous garder à dîner…

Toto ne me lâchait pas la main :

– Viens, viens, me supplia-t-il. Viens ! Monsieur Tenant de Latour serait déçu si tu partais sans le saluer.

Je ne m’étais jamais aperçu que le précepteur de Montpensier m’était si attaché.

Tiré par Toto et quelque peu poussé dans le dos par madame Adélaïde, me voici reparti à travers les Tuileries. Au bout de cinq minutes de marche, je commençai à me demander où pouvait bien s’être caché monsieur de Latour. Je ne reconnaissais pas les pièces, de plus en plus somptueuses, que je traversais. Enfin, un laquais nous fit escorte et alla frapper à une haute et sombre porte, qu’il ouvrit avec une lente solennité.

– Monsieur de Lange ! m’annonça-t-il.

Je franchis la porte et là, je vis une dizaine de messieurs assis autour d’une table monumentale. Ils se levèrent tous ensemble en applaudissant, et je compris que je venais d'entrer dans la salle du Conseil, que c'étaient les ministres du roi qui applaudissaient, et que c'était moi qu'ils applaudissaient.

– Messieurs, le roi ! annonça le laquais.

Louis-Philippe entra par la porte que je venais de franchir et me tendit la main avec beaucoup de simplicité :

– Lieutenant de Lange, je vous devais la vie. Je vous dois désormais plus que la vie, puisque vous m'avez rendu un fils que j'avais cru perdu.

Épilogue

Pendant tout l'été 1835, au château de Neuilly, les filles et les fils du roi canotèrent, dansèrent, chantèrent, jouèrent à colin-maillard, mangèrent les fruits dans les arbres, montèrent une pièce de théâtre, firent des tours de magie, et rirent, et s'aimèrent… et nous étions, Léonie et moi, au milieu des fils et des filles du roi.

– Voilà ton avenir assuré grâce à madame Adélaïde, me dit mon père, un matin de septembre, dans son bureau de la galerie Véro-Dodat. Dix mille francs de rente annuelle et un manoir en Touraine ! Et le roi et la reine qui te considèrent comme l'un de leurs fils !

Il ajouta en prenant la voix chevrotante de monsieur de Liechtemberg :

– Viendras-tu de temps en temps rendre visite à ton vieux père en souvenir du passé ?

– Tous les matins, pour prendre vos ordres, chef.

Il me jeta un regard inquiet :

– Que veux-tu dire ?

– Que rien ne peut me changer. Je suis votre fils, monsieur Personne. Moitié grinche, moitié cogne.

– Tu ne peux pas continuer de travailler à la brigade ! Qu'en penserait mademoiselle de Bonnechose ?

– J'avais fait une promesse à Léonie : que son bandit au couteau lui offrirait un château. C'est chose faite. Elle, elle m'avait promis qu'elle partagerait les dangers de ma vie. Elle tiendra parole.

Mon père secoua la tête comme s'il me désapprouvait, mais je lus dans ses yeux qu'il était fier de moi.

– Crois-tu que c'est une vie de traîner dans les rues la nuit, me dit-il, de se déguiser en Tortillard, de jaspiner l'arguche avec les grinches ?

– Il n'y a que cette vie-là qui puisse me rendre heureux et « tous les hommes veulent être heureux, même celui qui noue la corde pour se pendre », comme disait Blaise Pascal. Soyez content de moi, papa. Pour la première fois en quinze ans d'existence, je viens de faire une vraie citation. Parce que, maintenant, j'ai de l'instruction !

Petit glossaire d'argot et de vocabulaire familier

Affranchi (être) : être corrompu, connaître les nombreuses manières de voler

Accoucher : on dit volontiers « accouche » à une personne qui ne se décide pas à parler

Arguche : argot

Battant : cœur

Bouffarde : pipe

Bougre, bougresse : désigne avec un certain mépris un homme ou une femme, surtout dans les expressions « bougre d'âne » ou « pauvre bougre ».

Buter : tuer

Cabe (ou **cabot**) : chien

Cachemite : cachot

Canner la pégrenne : mourir de faim

Carruche : prison

Chopin : vol

Cogne : gendarme

Coquer : dénoncer. Celui qui dénonce est un coqueur.

Couper dans le pont : ou donner dans le panneau, c'est tomber dans un piège

Drôle de pistolet : drôle d'individu

Eau d'aff : alcool

Escarpe : assassin
Faire gicler le raisiné : faire couler le sang
Fanande : camarade
Fricoter : tramer, trafiquer, manigancer. Mais quand on fricote avec les filles, c'est qu'on a des relations sexuelles.

Gadjo : c'est une personne qui n'appartient pas à la communauté tsigane. En argot, le gadjo désigne toute personne qui ne fait pas partie de votre cercle de relations.
Glacis : verre
Grinche : voleur
Grinchissage à la cire : méthode de vol dont l'explication est donnée en détail dans le récit

Il y a gras : il y a de l'argent à gagner

Larbin : domestique
Lingriot : canif
Lourde : porte

Momacque : enfant

Noir de suageur : pommade dont s'enduisent les suageurs ou chauffeurs pour se rendre méconnaissables aux yeux de leurs victimes
Nom d'unch : nom d'un chien

Pantin : Paris
Parfait-amour : alcool de couleur violette
Pégriot : voleur minable
Père Frappart : marteau

Picton : vin
Pierreuse : prostituée de bas étage
Pioncer : dormir
Ponante : prostituée
Pré : bagne

Quinquet : œil

Rabouin : diable
Raisiné : sang
Refroidi : mort
Rossignol : passe-partout

Serrante : serrure
Sorgue : nuit
Surin : couteau

Taffeur (ou **tracqueur**) : peureux, lâche
Taire sa gueule : expression qu'on préfère à « fermer sa gueule »
Taule : maison
Tireur de blavins : voleur de mouchoirs, autre sorte de pégriot
Tortillard : boiteux
Trèfle : tabac
Trime : rue

Venternier : voleur qui entre par les fenêtres laissées ouvertes

Zig : camarade

L'histoire du cœur de Louis XVII…

… est en soi un roman. Comme vous venez de le lire, le docteur Pelletan, après avoir fait l'autopsie de l'enfant dans la prison du Temple, roule son cœur dans la sciure, l'enveloppe dans un mouchoir et le cache dans sa poche. Il le conserve ensuite dans un bocal empli d'esprit-de-vin, qui finit par s'évaporer. Il range alors dans un tiroir ce cœur devenu tout sec et comme momifié. Mais il commet l'imprudence d'en parler à un de ses élèves, qui le lui vole et disparaît. Le jeune homme, gravement malade, avoue son vol peu avant de mourir et fait restituer le cœur au docteur Pelletan. Quand la royauté est rétablie en France en 1815, le médecin essaie de remettre son précieux dépôt à la famille royale, mais ni Louis XVIII ni la sœur de Louis XVII n'en veulent. Un an avant de mourir dans la misère, Pelletan réussit à faire accepter la relique à l'archevêque de Paris. Monseigneur de Quelen conserve le cœur dans un vase de cristal caché dans sa bibliothèque. Mais pendant les trois journées de la révolution de juillet 1830, des émeutiers forcent les grilles de l'archevêché, cassent, brûlent, pillent tout ce qu'ils trouvent. Un ouvrier imprimeur du nom de Lescoart aperçoit le bocal en cristal et l'emporte dans la cour. C'est là qu'un émeutier, se mettant en travers de son chemin, brise le vase d'un coup de sabre. Quelques jours plus tard, Lescoart et le fils du docteur Pelletan reviennent sur les lieux, et c'est au milieu de débris balayés par la pluie qu'ils retrouvent le cœur, aisément identifiable à l'odeur d'esprit-de-vin qu'il dégage encore.

Ce cœur est aujourd'hui visible dans une urne de cristal à la basilique Saint-Denis.

Du même auteur à *l'école des loisirs*

Collection NEUF
Mytho
Nonpareil
Malo de Lange, fils de voleur
Malo de Lange, fils de Personne

La série des *Émilien* :
Baby-sitter blues
Le Trésor de mon père
Le Clocher d'Abgall
Au bonheur des larmes
Un séducteur-né
Sans sucre, merci
Nos amours ne vont pas si mal

Collection MÉDIUM
Ma vie a changé
Amour, vampire et loup-garou
Tom Lorient
Oh, boy !
L'expérienceur (avec Lorris Murail)
Maïté coiffure
Simple
La fille du docteur Baudoin
Miss Charity (grand format illustré par Philippe Dumas)
Papa et maman sont dans un bateau
Le tueur à la cravate

La série des *Nils Hazard :*
Dinky rouge sang
L'assassin est au collège
La dame qui tue
Tête à rap
Scénario catastrophe
Qui veut la peau de Maori Cannell ?
Rendez-vous avec Monsieur X

Collection BELLES VIES
Charles Dickens